Fermina quedó fascinada con Domeka desde el primer día en que lo vio, fue en una reunión en la casa de sus padres, con los futuros miembros del Partido Nacionalista Vasco. Domeka era en ese entonces un joven un atractivo joven. La frialdad de su personalidad todavía no había dejado huellas en su rostro angelical.

El padre de Fermina, el patriarca Legure, solía realizar reuniones políticas en su casa que se alargaban hasta entrada la madrugada. A su madre no le importaba tener invitados en horas tan inusuales, ella participaba de las tertulias y tenía fuertes opiniones políticas. Fermina, y su hermana Bernardina, siguiendo el ejemplo de su madre, y con el beneplácito de su padre, expresaban sus opiniones totalmente permeadas por el nacionalismo vasco.

Fermina siguió quedándose en las reuniones más allá de la hora habitual, poniendo más esmero en su arreglo personal. Detalles que no pasaron desapercibidos para los demás, quienes de cuando en cuando le hacían un comentario a la adolescente que siempre tenía una respuesta audaz para replicar.

Domeka no sintió nada especial por Fermina, no le atrajo su personalidad desparpajada ni su presencia atlética. Él prefería a las mujeres con menos opiniones y que a la vista fueran más femeninas. Pero el padre de Fermina era el líder político de Getzo, y Domeka soñaba con dejar la fábrica de chocolate de su familia y dedicarse a la política, algo complejo para un joven poco carismático. Su motivación, lejos de ser la autodeterminación del pueblo vasco, era tener poder y ser reconocido. Y en el interés de Fermina vio una oportunidad. Siguió yendo a las reuniones en la casa de los Legure, donde sin falta Fermina aparecía, incapaz de disimular que sentía atracción por él.

Un año después Fermina y Domeka se casaron bajo la mirada resignada de los padres de Fermina que nunca pudieron aceptar en su corazón al joven Domeka, pero no encontraron motivos reales para interponerse al matrimonio. Era un joven de una buena familia, de clase media alta igual que ellos, responsable con su trabajo y único heredero de una próspera fábrica de chocolate.

En 1885, cuando se creó el Partido Nacionalista Vasco, los Legure decidieron finalizar las tertulias abiertas en la casa para generar más sentido de unidad convocando las reuniones en la sede del partido. Se concentraban en la casa Legure únicamente los líderes para tratar temas importantes y privados. Una de esas reuniones se realizó para definir a quiénes postularían para la vacante de presidente de las Juventudes Católicas de Vizcaya. Domeka, al no ser invitado, se ilusionó pensando que su suegro lo postularía. Creyendo que por ser el yerno de una de las figuras más importantes del partido su estatus dentro de este cambiaría. En la reunión para la postulación los demás miembros del partido estaban preocupados pensando lo mismo. Aunque era evidente que no sentía aprecio por su yerno, familia era familia. Empero, consideraban que era un gran error perder ese aval en un joven al que realmente ninguno le veía futuro político por falta de personalidad y de pasión por la ideología del partido. Legure, fiel a sus convicciones, no postuló a su yerno y se decidió por un joven con gran potencial.

En el momento de las postulaciones Domeka y Fermina llevaban un año de casados y esperaban su primer hijo. Si bien Domeka estaba lejos de ser un esposo amoroso, era al menos gentil y considerado. Pero cuando se enteró de que no era candidato para la vacante de presidente de las Juventudes Católicas su corazón empezó a congelarse y su trato con Fermina se tornó distante y frío.

El tiempo pasó y Domeka no obtuvo ningún rol relevante en el partido y cada vez era más relegado de todas las actividades importantes, lo que aumentó su desilusión con la familia política y el rencor con su esposa. Por el contrario la entereza de Legure al mantener sus ideales políticos por encima de su relación familiar fue un alivio para todos los demás.

Un año después del nacimiento del primogénito nació el segundo hijo de la pareja. Y en 1902, cuando la pareja no esperaba más niños los sorprendió la llegada de un tercer hijo a quien llamaron Luis. Para ese momento Domeka ya había abandonado todas sus aspiraciones políticas y estaba dedicado a la fábrica de chocolate y para su inconveniencia el nacimiento de Luis lo obligaba a mostrar una unión con su familia que no sentía.

Para Fermina ya era evidente que Domeka no se había casado por amor, pero estaba esperanzada con que él después de varios años de convivencia y tres hijos aprendiera a amarla. Por su parte Domeka, una vez renunció a sus aspiraciones políticas hizo todo lo posible para alejar a Fermina de su familia. Ella, todavía perdidamente enamorada, hacía lo necesario para evitar conflictos, esperanzada en que si ella cedía y se convertía en lo que él quería, él milagrosamente cambiaría y se enamoraría de ella. Sin embargo, los años pasaron y el deseo de Fermina no dejó de ser un anhelo que revoloteaba en su mente como una mariposa atrapada.

Habitualmente Fermina pasaba por la fábrica de chocolate a visitar a su esposo, era la única forma que tenía para verlo: Domeka salía al amanecer y regresaba muy tarde en la noche, y trabajaba los fines de semana. Iba con Luis, quien disfrutaba mucho ir a la fábrica: preguntaba de forma inquisidora sobre cada proceso y quería hacer las cosas por él mismo. Para todos era divertido ver a un niño tomando tan en serio el negocio de la familia. En una ocasión, cuando estaban en la oficina de Domeka que nunca los miraba, llegó uno de los proveedores. Luego de saludar, el hombre le pasó a Luis una barra de chocolate. Fermina miró el chocolate y le dijo a Domeka:

—Pensemos en expandir el negocio. Además de vender chocolate para hacer bebidas, podríamos tener algún tipo de barra como esta.

—Señora, sería muy bueno para el negocio, esta barra que le di al niño es toda una novedad, es suiza y le mezclan frutos secos. Mire la forma que tiene tan curiosa de prisma —replicó el proveedor.

El proveedor y Fermina se acercaron a Luis para ver la barra, mientras Luis la sostenía como si fuera una joya preciosa. Domeka no se movió de su lugar.

—Podrías venderle a los niños —dijo Luis.

Todos rieron menos Domeka.

—No necesito que una mujer y un niño vengan a decirme cómo manejar mi negocio —contestó Domeka, mirando a Fermina con desprecio.

El proveedor se sintió mal por haber propiciado un momento de discordia en la pareja y sin mediar palabra guardó sus cosas en el maletín, agachó la cabeza, hizo una venia y salió de la oficina como si las duras palabras fueran dirigidas a él. Luis, desde su mirada de niño, no entendió lo que había sucedido, pero se sintió incómodo e instintivamente abrazó la pierna de su madre tratando de protegerla. Fermina se quedó mirando fijamente a Domeka con una mirada penetrante, sin odio. Llena de una compasión que le ardía a Domeka como si fuera ácido.

Ese día, Fermina entendió que su esposo no cambiaría y dejó de anhelar que él mostrara afecto por su familia. Se refugió en sus hijos e ignoró al resto del mundo, tenía el corazón roto y por la herida se le escapaba la ilusión de vivir. Su deterioro fue tan rápido y violento que cuando sus padres y su hermana se enteraron de su estado era demasiado tarde. Una enfermedad para la que ningún médico encontró un tratamiento adecuado acabó con su vida.

El día del entierro de su madre, Luis deambulaba solo por el jardín de la casa de sus abuelos maternos. Todos tenían cosas en las cuales ocuparse y se habían olvidado de él. Con escasos ocho años, el niño interpretaba la situación de una forma diferente a los adultos, sentía la ausencia y el vacío, pero sin perder su deseo de distraerse persiguiendo insectos. Fueron pasando los días y él permaneció en esa casa, en ese jardín. Algo escuchó respecto a que su abuelo, el patriarca Legure, quería que viviera en su casa, pero su padre se opuso.

Sintió mucho esa decisión, hubiera podido vivir para siempre en ese jardín.

Bernardina miraba a Luis con los ojos humedecidos de lágrimas. Lloraba por su hermana que no vería crecer a sus hijos y por sus sobrinos que habían quedado al vaivén de la vida. No sentía la más mínima pena por su cuñado. Ella y su padre estaban seguros de que la muerte de Fermina se debía a la soledad y el desamor en el que había vivido los años de su matrimonio. Domeka era un hombre extraño, pero más que su incapacidad para demostrar afecto, era aterradora la desconexión que mostraba con todo lo importante de la vida.

Al llegar el inevitable momento de volver a la casa de su padre, una construcción de dos plantas en la esquina del Camino de Usategui y la calle San Nicolás, en Portu Zaharra, la cual había pertenecido históricamente a la familia de Domeka, tradicionalmente pescadores que desde dos generaciones atrás, habían cambiado su vocación el derecho, Luis vio transformado un espacio acogedor y cálido en uno impersonal y gélido, ahora regido por su padre, un hombre sin emociones. Empero, logró mantener la alegría gracias a una gran imaginación que lo llevaba diariamente a interminables aventuras en el pequeño patio de su casa.

Luis fue creciendo y, en la medida que dejaba la niñez cambiaba los lugares que identificaba como seguros. Los juegos en el patio dejaron de ser interesantes y los sustituyó por actividades en el puerto. Se sentía profundamente orgulloso de la tradición pesquera de su familia paterna que ya se había perdido completamente, y de la que solo quedaban como recuerdos la casa y un pequeño bote en el que navegaban los jóvenes de la familia. El pequeño Luis se volvió un gran marinero capitaneando la pequeña embarcación de la familia. Locuaz, amigable y con la capacidad de relacionarse con personas de todas las edades, logró un espacio entre los pescadores y los marineros retirados que le contaban historias maravillosas de buques asaltados por piratas en altamar, hundidos por las tempestades o desaparecidos por fuerzas misteriosas. Cuando aprendió a leer, uno de sus amigos, un capitán retirado que se había salvado milagrosamente del hundimiento del último barco que capitaneó, le regaló una tabla de mareas, con ella el niño aprendió clave morse, las señales de un temporal y las reglas de balizamiento.

Sus aventuras las compartía con su primo José, dos años menor, por quien sentía un cariño profundo. Los primos eran inseparables y complementarios. Luis disfrutaba bromeando y haciendo preguntas divertidas seguidas de posibles respuestas llenas de imaginación que el aplomado José disfrutaba.

Los fines de semana los pasaban entre la casa de su primo y la casa de sus abuelos maternos. En la cena, siempre en la casa de los abuelos, se armaba una gran algarabía que los padres de José permitían en complicidad con los niños, quienes llegaban a ser más de trece cuando, con los hijos y sobrinos, estaban presentes amigos. Solo se escuchaba uno que otro llamado de atención para que cuidaran sus modales. Los temas de conversación de los adultos siempre tenían que ver con política, el futuro de Getzo, el desempeño del alcalde, la autonomía de Euskadi o la adición de Navarra. Los niños eran invitados a opinar y Luis sorprendía con sus razonamientos liberales y elaborados.

La casa de sus abuelos y la de su tía quedaban a dos kilómetros de la de Luis. Dos sectores contrastantes. Mientras que las casas de los Legures estaban en una zona refinada y llena de casonas con jardines interminables, Portu Zaharra era un sector lleno de barullo y casas pintorescas. La agudeza de Luis le permitió identificar las diferencias entre los vecinos de los barrios en que se movía, fortaleciendo sus capacidades para mantener una buena conversación con cualquiera, desde un conde hasta la esposa de un pescador, y sobre todo admirar las inagotables posibilidades que ofrecía el mundo.

En su hogar la relación con su padre se mantenía distante. Domeka evitaba estar en casa. Todos los días llegaba tarde en la noche, evadiendo participar de las rutinas diarias de la familia. Luis era invisible para él. Sus hermanos, por el contrario, ya en la adolescencia, eran llevados a la fábrica luego de la escuela para que fueran empapándose del negocio familiar.

Domeka esperaba que sus tres hijos fueran hombres de leyes, como él, como su padre y sus primos. Pero que tuvieran la oportunidad de ejercer su profesión. La fábrica de chocolate era un buen negocio que había realizado su padre, y le permitía tener buenos ingresos, pero el trabajo en ella no lo emocionaba. No quería que sus hijos quedaran atrapados en ella, como él. Su única fuente de entusiasmo había sido la política. Hasta que varios años después de enviudar conoció a la que sería su nueva esposa y verdadera pasión, una joven tan amable y dulce como inocente. Los hábitos de Domeka cambiaron notablemente, al igual que su sombría personalidad. Estos cambios tan notorios no pasaron desapercibido a los ojos de Luis: Domeka llegaba temprano a casa y sonreía. En ese momento Domeka quiso obligar a sus tres hijos a pasar el fin de semana en la casa pero fue imposible, ya era una tradición ir a la casa de Bernardina o de su exsuegro. El hecho solo ahondó el desafecto de sus hijos mayores y el distanciamiento de Luis, evidente desde un episodio pequeño pero significativo sucedido poco después de las nuevas nupcias de Domeka, una tarde de sábado. Él estaba en el jardín leyendo cuando sintió que lo miraban insistentemente. Luis había interrumpido su juego. El niño fijó sus ojos profundos en su padre, tenía el ceño fruncido y las pupilas contraídas. Domeka intentó hablarle, pero las palabras no salieron, se sintió como una presa frente a un depredador. Una sensación extraña y aterradora, era su hijo y en ese momento lo sintió totalmente desconocido, lejano y bestial.

Luis sintió por primera vez en su vida odio. Siempre había tenido un padre distante, no esperaba nada distinto de él; pero verlo en su nueva faceta, enamorado, demostrando afecto, disfrutando de su hogar como nunca lo había hecho estando con su madre, lo hizo pensar que él no tenía una discapacidad emocional, simplemente no había amado a su madre y que tampoco sentía afecto por sus hermanos o por él. Desde ese día las cosas no volvieron a ser iguales. Domeka se sentía avergonzado cada vez que Luis entraba al lugar donde se encontraba y empezó a temerle. En Luis, el rencor por su padre se incrementó.

Luis dejó de ir a su casa luego de la jornada escolar y pasaba el tiempo en el puerto navegando la pequeña embarcación de la familia hasta entrada la noche.

Bernardina iba a misa todos los días, era parte de la rutina de Luis acompañarla. Luis salía de su casa, caminaba por la calle Ribera hasta la Satistegi, seguía por la calle Basagoiti Estorbidea, atravesaba la Plaza Reina María Cristina y, allí al iniciar la calle Miramar estaba la casa de su tía, a una cuadra de la casa de los abuelos Legure. Llovía con frecuencia y él lo disfrutaba. Ella prefería llegar a la parroquia de San Ignacio de Loyola caminando, pero si las precipitaciones no lo permitían, manejaba su automóvil, de la empresa Hispano-Suiza, hasta la iglesia. El coche fue un regalo de su padre, quien personalmente guió el diseño de la carrocería del vehículo. La madre de Luis había tenido un automóvil similar, también un regalo de su padre, pero ella nunca pudo conducirlo, Domeka pensaba que eso era asunto de hombres. Por el contrario, el padre de las Legure quería que sus hijas fueran lo más independientes posible. Diferencias como esta hicieron cada vez más grande la brecha entre el patriarca y Domeka.

Luis y Bernardina conversaban sin parar. Ella olvidaba la estricta clasificación de tópicos, en la cual unos estaban destinados a discutirse con los adultos y otros con los niños. Ella le hablaba como si fuera un adulto. La madurez y lo agudo del juicio crítico de Luis sorprendían y hacían olvidar fácilmente su edad. También se reían mucho, los dos tenían muy buen sentido del humor. Bernardina notaba que su sobrino tenía una curiosidad desmesurada por el mundo. También advertía que los eventos de la vida lo afectaban diferente, o al menos daba la impresión de elegir cómo lo impresionarían.

Pero evitaban hablar de religión, aunque la familia era muy creyente de Dios y practicantes del catolicismo, Luis tenía sus propias creencias fundamentadas en el cuestionamiento. Iba a las liturgias por el placer de la conversación con su tía, no le interesaba nada más.

Luis pasó su niñez en un contraste de ambientes, el propiciado por su familia materna en el que se sentía querido y manifestaba su afecto, y la casa de su padre de la que quería escapar. Aunque su fascinación con la fábrica de Chocolate lo hizo permanecer al lado de él. A los doce años, sintiéndose más grande de lo que realmente era, retomó las visitas a la fábrica de chocolate, finalizadas con la muerte de su madre. Los trabajadores rápidamente se encariñaron con él. Luis compartía los tiempos de comidas con ellos y llegó a conocer la vida de cada uno, sus preocupaciones y anhelos. Su empatía con la gente era genuina, y tenía la misma capacidad para conectarse y crear lazos como para cortarlos. Su padre estaba impresionado por el reconocimiento que ganó de los trabajadores. Ellos respetaban y confiaban en Luis. Domeka empezó a sentir celos del niño, consiente de su irracionalidad, no pudo evitar este sentimiento que cada vez era más fuerte. Y mientras intentaba que sus dos hijos mayores conocieran todo lo necesario sobre la fábrica, empezó a ser evidente también su esfuerzo por excluir a Luis. Con tentativas soterradas, escondidas, pero patentes. Qué mejor para avivar la llama del odio que la competencia. Entre más intentaba Domeka tener al margen a Luis, más se esforzaba él para entender el negocio.

El chocolate de la fábrica lo importaban de Ecuador y Colombia, Luis soñaba con ir a conocer los cultivos y eventualmente manejar personalmente todo el proceso, desde la compra directa a los proveedores. Suramérica se volvió una obsesión para él. Y su fascinación se vio reforzada por el intermediario que le vendía el chocolate a Domeka: tenía historias maravillosas de estos países, llenas de playas asombrosas, majestuosas selvas, montañas casi imposibles de atravesar y ciudades fantásticas. Era justo lo que Luis quería de la vida.

Pasaron los años y los hermanos de Luis terminaron sus estudios de derecho, pero no se quedaron para encargarse de la fábrica. Su abuelo paterno les consiguió trabajo en el parlamento, usando sus influencias. Por el contrario Luis mantenía su interés en la fábrica. Con diecisiete años era un experto en importación, producción y distribución de chocolate. Su ilusión era estar algún día al frente de la fábrica, mejorar las condiciones laborales de los trabajadores y expandir las ventas. Una vez finalizado el verano iniciaría las clases de la Universidad de Deusto, esperaba que la formación legal complementara sus conocimientos para manejar la empresa.

Sin embargo, sus planes se vieron truncados. Su padre realizó una reunión con varios empleados: debían encontrar una solución para mantenerse en el mercado debido a que el precio de la materia prima del chocolate había subido, y aumentar el precio del producto final los dejaría en desventaja frente a las chocolaterías holandesas.

—Debería tener en cuenta lo que dice Luis, quitar al intermediario y conseguir proveedores directos en Ecuador o Colombia —dijo en medio de la reunión y de forma despreocupada el contador de la fábrica que tenía un profundo aprecio por Luis. Pensando que Domeka se sentiría orgulloso de su hijo. Todos sonrieron y asintieron, menos Domeka.

—Muchas ínfulas para un muchacho —dijo Domeka. Y sin más, les informó que había tomado la decisión de vender la fábrica. Tenía una propuesta de su competencia, unos chocolateros holandeses que estaban expandiéndose.

Luis salió desechó de la reunión que lo hizo revivir esa ya lejana visita que hizo a la fábrica con su madre, en la que por primera vez sintió el desprecio de Domeka.

La reunión para organizar todo lo relativo al traspaso de la propiedad de la fábrica se llevaría a cabo en París. Domeka invitó a Luis, quien interpretó la invitación como un juego de poder. Creía que la forma en la que su padre quería mostrarle que era más fuerte: vendería la fábrica que él amaba y lo llevaría de testigo. Luis estaba dispuesto a medir fuerzas y aceptó ir. Era el verano de 1919. Domeka y el patriarca Legure habían preparado todo para que cuando llegarán del viaje de dos semanas a París, Luis iniciara sus estudios de derecho.

El día de viajar a París llegó más rápido de lo que Luis quería. No obstante, el esplendor de la ciudad lo maravilló. Quería conocerla y disfrutarla. Tenía varios días libres antes de las reuniones con los chocolateros holandeses que estaban planeadas para iniciarse al sexto día de la llegada, y pensaba disfrutarlos al máximo.

Se hospedaron en un pequeño hotel en la Rue Delambre, a la media calle del Boulevard de

Montparnasse. Una vez se instalaron Luis salió con la intensión de caminar hasta no poder seguir por el cansancio. Pensó en avisarle a su padre, pero consciente del malestar que le generaría no verlo en la comida, se contuvo. Cuando su padre bajó al *lobby* del hotel para seguir al restaurante y cenar, en recepción le informaron que su hijo no estaba. Domeka enfureció, esperaba compartir los momentos de las comidas con su hijo y él que guardara el mínimo de respeto a los protocolos y reprimiera lo que sentía, como lo hacía él. Luego de comer, se apoltronó en la recepción, aburrido y cabeceando del sueño, decidido a encontrar a Luis allí, lleno de entusiasmo, feliz por haber saciado algo de su curiosidad; y arrebatarle ese momento con su rabia, con su rigidez.

Luis salió del hotel y unas cuadras más adelante encontró el café Le Dome. Estaba repleto de gente, y su bullicio lo cautivó. Entró y pidió un mousse de chocolate, observando con deleite cada detalle de lo que lo rodeaba. De pronto un joven lo sacó de sus pensamientos. El muchacho, un poco mayor que él, le preguntó en un francés con mucho acento si podía correr una de las sillas de su mesa. Él respondió en su tercera lengua, y no pudo aguantar la curiosidad de preguntarle de dónde era su acento.

—¡De Cuba! —le respondió el joven—. Y ¿tú de dónde eres?

—Yo soy de Euskadi —respondió Luis, esta vez en español.

—¡Habla español! —dijo uno de los jóvenes de la mesa en la que se necesitaba la silla.

—¿Estás solo?

Luis asintió con la cabeza.

—¡Ven únete! —lo invitó otro joven.

Luis tomó su silla, el *mousse* y se cambió de mesa.

Era una mesa llena de artistas caribeños, centroamericanos y suramericanos. La mayoría estudiantes de arte en La Académie de la Grand Chaumière. El joven cubano se presentó, su nombre era Eduardo Avella, un pintor formado. Le explicó que Le Dome era el punto de encuentro de todos los artistas y que, con un poco de suerte, se encontrarían con algunos de sus ídolos.

Los jóvenes artistas compartieron una selección de quesos y salieron a caminar con Luis. Siguieron por el Boulevard de Montparnasse hasta Le Jardins du Luxembourg, allí pasaron el resto de la tarde hasta que anocheció. Cuando volvieron a Le Dome hicieron planes para llevar a Luis al cine la noche siguiente y se despidieron. Ellos impresionaron a Luis con sus conocimientos de arte, de París y de América, y él con los suyos sobre el chocolate y la política.

Luis llegó al hotel pasadas las once de la noche. Estaba lleno de emoción, con ese tipo de sentimientos que se contagian quienes tienen toda la vida por delante. Domeka estaba esperándolo con el ceño fruncido.

—Te he esperado todo el día —le dijo agriamente.

—No sabía que este era un viaje familiar —le contestó Luis, en tono sarcástico.

—No lo es, pero estoy pagando tu estadía —dijo Domeka, visiblemente molesto.

—Pagar mi estadía no cubre los gastos de mi compañía —replicó Luis y siguió de largo.

Domeka se quedó parado en el *lobby* tratando de entender por qué le molestaba tanto que Luis no quisiera pasar tiempo con él, si él tampoco lo quería. No comprendía por qué lo había llevado al viaje y, sobre todo, qué había en él que lo hacía sentir tan incompetente en todo lo que hacía. Quería sentir afecto por Luis, pero ese sentimiento no estaba allí, no para ese hijo.

Mientras Luis durmió profundamente, cansado por el viaje, la caminata por el boulevard, los jardines y toda la tarde de conversación exaltada, Domeka apenas si pudo conciliar el sueño, dando vueltas en la cama pensando con remordimiento en Fermina.

Al día siguiente, Luis y Domeka se encontraron en el comedor. Luis no sentía muchos deseos de sentarse a desayunar con su padre. Algo extraño estaba pasando en el viaje, a cada hora que pasaba la imagen de Domeka se desdibujaba ante sus ojos: ya no lo veía como un hombre, era un borrón mal hecho. Por su parte Domeka bajó a desayunar convencido de que el espíritu de Fermina estaba en Luis y que quería vengarse de él. Aunque le pareció el pensamiento más absurdo que había tenido en la vida, cuando vio a su hijo sintió que la sangre se le estancaba.

Luis se sintió libre de hacer planes con sus nuevos amigos hasta el sexto día. No necesitaba el permiso ni el dinero de su padre. Bernardina le había dado una pequeña fortuna para evitar que Domeka le arruinara el viaje.

Luis invirtió su mañana en caminar por cuanta callecita la causó interés, y se encontró con sus nuevos amigos en Le Dome para almorzar. Luego los acompañó a La Academie. Pasó la tarde recorriendo el Boulevard Montparnasse hasta el Boulevard des Invalides y explorando la plaza del mismo nombre. Esa noche fueron a ver la película *Tarzán de los Monos*. Luego de la película, el grupo, nuevamente en el café Le Dome, reflexionó sobre si era más importante que las películas llegaran a tener sonido o color. Alejandro, un estudiante argentino de artes plásticas, pensaba que los diálogos sobraban.

—No es necesario hablar, los ojos lo dicen todo, yo prefiero el color. Quiero ver una película en la que pueda ver los tonos del iris de los actores, el azul del cielo, los matices del vestuario—. Y así abrió todo un nuevo tópico de discusión.

Al día siguiente Luis quedó de encontrar a sus amigos en La Academie. Durante la tarde caminaron por el río Sena y visitaron Le champs Elysées. En la noche fueron a ver *Salomé*. Luego de la película toda la conversación giró en torno a su protagonista Theda Bara.

El fin de semana los jóvenes no tenían clase en La Academie y se dedicaron a Luis y su insaciable curiosidad. El sábado visitaron la torre Eiffel y Les Jardins du Trocadéro, y el museo del Louvre, al que dedicaron el domingo entero. Luis se comprometió volver al siguiente día y continuar descubriéndolo cuando ellos estuvieran en clase. Luis pudo ver la pasión de sus amigos por el arte, al punto que él mismo quería dedicarse a algo que lo apasionara tanto en la vida, podía entender todos los sacrificios que cada uno había hecho por hacer lo que quería. Para algunos implicaba vivir en unas condiciones económicas difíciles en París, para otros estar lejos de sus seres queridos, y para los demás ir en contra de lo que todos a su alrededor esperaban.

La noche previa a la reunión con los holandeses Luis estuvo disperso, se fue a dormir temprano con el fin de estar preparado para la reunión. Le costó trabajo conciliar el sueño cuestionando si sería feliz estudiando derecho. Su noche fue agitada, y llena de pensamientos sobre el futuro. El amanecer llegó cuando observaba la ciudad desde la ventana de su cuarto, dejándole la sensación de que necesitaba seguir conociendo ese inagotable mundo que estaba más allá de las fronteras de Euskadi.

A la hora acordada bajó al vestíbulo para encontrar a su padre y acompañarlo a la reunión con los chocolateros holandeses. Aunque Domeka no veía ya el sentido de llevar a Luis, tampoco se sentía con la energía suficiente para inventarse una excusa para ir solo o engancharse en una discusión con él.

En la reunión, realizada a pocas calles de su hotel, se encontraron igualmente con un padre y un hijo que tenían una relación opuesta a la de ellos. Los holandeses que eran un ejemplo de una relación amorosa y unida, ofrecieron un trato justo que Domeka aceptó. Construyeron un cronograma que finalizaba en octubre, mes en el cual se realizaría el traspaso total de la fábrica a los holandeses. Mientras Domeka salió feliz de la reunión, Luis permaneció cabizbajo reflexionando respecto a su futuro. Él no era como sus hermanos, hombres de leyes desde muy niños, ni como su primo José que soñaba con hacer una carrera política. Su sueño, trabajar en la fábrica, aumentar sus conocimientos sobre el chocolate, ir a Suramérica e importarlo directamente, que por años pulió, ya no era posible. Ahora se enfrentaba a un futuro incierto.

Su padre, viendo que no quedaba nada pendiente del negocio con los holandeses, decidió adelantar el viaje, partirían el décimo día y no cumplirían los quince días en Francia, como estaba establecido. Luis trató de sacar el mayor provecho a los pocos días que le quedaban.

El octavo día, como ya era costumbre en sus noches parisinas, estaba con sus amigos en el café Le Dome cuando los cubanos de su mesa se pusieron muy nerviosos.

—No miren, no miren —dijo Eduardo, exaltado.

Acto seguido, todos los jóvenes de la mesa voltearon sus cabezas hacia la entrada de forma sincronizada. Alejandro, intrigado, preguntó:

—¿Quién es?

—Es José Miguel García, el Alacrán, está exiliado en Estados Unidos.

Ninguno de los presentes sabía quién era el señor.

—¿Escritor? —se aventuró Alejandro.

—No —dijo Eduardo, molesto—. Fue presidente de Cuba y hace poco intentó dar un golpe de Estado que falló, por eso está exiliado.

Luis no había tenido tiempo de mirar al Alacrán, estaba abrumado por la belleza de una de las acompañantes del señor. El Alacrán miró dentro del lugar, solo había dos mesas desocupadas, una estaba al lado de Luis y sus amigos, y se decidió por esa.

La mujer que miraba Luis era María Cale, había viajado desde Cuba para encontrarse con el Alacrán en París. Ella notó la mirada de Luis y se la devolvió con una sonrisa, el joven Luis quedó prendado de ella.

Cuando el señor interesante y sus acompañantes tomaron asiento, en la mesa de Luis todos empezaron a susurrar incapaces de mantener una conversación seria al lado del expresidente. Quince minutos después, él se paró, hizo una venia a las señoritas que lo acompañaban y se fue. Luis sentía que debía hacer algo, invitarlas a su mesa, a un café, llevarlas a caminar. Quería, de alguna forma, abordar a esa hermosa mujer.

María que estaba acostumbrada a ser mirada y admirada, no se inmutó. Sin embargo, ya había centrado su atención en ese joven de ojos verdes e intensos. Luis respiró profundo, pero el aire no le pasaba de la garganta, nunca se había sentido así, los segundos le parecieron minutos. Entró en pánico y pensó que ella se iría en cualquier momento y que perdería la oportunidad de conocerla. Sin darse cuenta, se vio parado al lado de ella presentándose y diciéndole en francés que era la mujer más hermosa que había conocido. María se sintió indignada y alagada al mismo tiempo. Por una parte, Luis se había dirigido a ella, se atrevía a hablarle así luego de verla llegar con un expresidente. Pero por otro lado sabía que estaba muy atraído por ella, pues había roto todos los protocolos para decírselo.

El expresidente apodado el Alacrán, fue uno de los primeros "amigos" que hizo María al llegar a La Habana. Provenía de un pequeño pueblo y llegó a la capital con quince años y solo belleza. Ahora, doce años después, quedaba poco de esa joven. Se había convertido en una mujer sofisticada y rica, rodeada de amigos poderosos. El Alacrán, con quien se reencontraría más tarde, había pasado a ser uno más de los hombres que estaba dispuesto a pagar lo necesario para disfrutar de su compañía. María resolvió quedarse a conversar con Luis, a quien pensaba que lo que le faltaba de edad le sobraba en intensidad.

—¿Cubana entonces? —preguntó Luis, apartándola un poco, y distrayéndola de la conversación general.

—Sí.

—De la Habana.

—¿Afirmación?

—Sí.

—Sí, por adopción.

—Español.

—¿Afirmación?

—Adivinanza.

—Vasco.

—¿No es lo mismo?

—No —dijo Luis, riendo. Luego aprovechó para acercarse un poco más a ella que no lo escuchaba bien por la algarabía de los artistas del ya viejo nuevo continente. Él le habló del nacionalismo, de la autodeterminación, sondeando el interés de ella para mantener su atención. Intentó saber de ella, pero ella coqueteaba hábilmente y respondía con bromas. Al final de la velada ella sabía mucho de él, y él nada de ella.

Al día siguiente fueron todos, los artistas, Luis, María y sus amigas, al zoológico en el Jardin des Plantes. María quedó maravillada con las jirafas y Alejandro prometió pintar una para ella. Luis se ofreció a llevar la pintura a Cuba, todos rieron, pero Luis lo decía de verdad, solo necesitaba una señal de ella.

Cuando María supo que Luis no vivía en París y que partiría al otro día lo lamentó, ella estaría atrapada en París por un mes más, hasta que el *Alacrán* volviera de Inglaterra, a donde había viajado esa mañana.

—¿Quién es él? —le preguntó Luis a María.

—Un expresidente de Cuba —le contestó ella con dignidad.

—No es lo que pregunto —insistió Luis.

—Un amigo —respondió ella.

—¿Y quién eres tú? —dijo María.

—Un aventurero, un marinero atrapado en un puerto —respondió Luis.

María lo miró y sonrió. A medida que avanzaba la tarde la tensión y la atracción entre Luis y María aumentaba. Al finalizar la jornada encontraron la forma de alejarse del grupo, María se acercó a Luis y lo besó en los labios, eso era todo lo que él necesitaba.

Esa noche, todos se despidieron en Le Dome. Luis acompañó a María al hotel en la Rue D'Odessa, cerca del café. Cuando llegaron, ella le pidió que subiera. Luis quedó confundido, fue necesario que María lo agarrara del brazo y atravesara con él el *lobby* del hotel llevándolo un poco arrastrado. En el cuarto María lo abrazó. Luis estaba temblando:

—No quiero arruinarlo, no tengo experiencia —le dijo.

—No lo vas a arruinar —lo tranquilizó María.

Al día siguiente, Luis se reunió con su padre para iniciar el regreso a Getzo. Nunca se había sentido tan feliz, la noche con María le abrió un mundo de posibilidades. Ya sabía qué haría. Quería recorrer el mundo y empezaría por Cuba. Domeka notó el positivismo de Luis. Estuvo tentado a preguntarle por qué sentía tanta emoción por regresar, pero no lo hizo.

Al llegar a Algorta, Luis fue a hablar con su abuelo. Le contó del nuevo mundo que se abrió frente a sus ojos. Mencionó que había conocido una joven muy atractiva, cubana. Mintió diciendo que también era una artista. Ocultó su edad y lo sucedido la última noche.

Le dijo que quería viajar antes de empezar a estudiar: abrió su corazón y le mostró cada uno de los sentimientos que tenía guardados. El abuelo Legure lo escuchó atentamente, habilidad que había desarrollado educando a sus hijas. Luego llegó a sus propias conclusiones. Pensó que Luis estaba enamorado de la artista cubana y que solo quería dejarlo todo para seguirla.

Una vez salió Luis, el abuelo hizo llamar a Domeka. Los dos tuvieron una acalorada discusión en la que salieron viejos rencores de cada uno, desde la falta de apoyo del abuelo a la carrera política de Domeka, hasta la carencia de afecto de Domeka por su familia. Finalmente, coincidieron en que lo único que le importaba al patriarca, el bienestar de Luis. Acordaron unir esfuerzos para que Luis iniciara sus estudios en Deusto sin contratiempos.

Luis no podía contener tantas emociones. Habló también con su tía, y de forma menos detallada le explicó que había reflexionado y entendido que primero necesitaba un tiempo para viajar y conocer el mundo antes de estudiar, no quería pedirle apoyo a su padre y necesitaba su ayuda para usar parte de la herencia que le había dejado su madre. Bernardina prometió ayudarlo, no le pareció loca la idea de Luis.

El joven, radiante, pensaba que su nuevo rumbo estaría lleno de inesperadas experiencias. Sabía que María estaría en París tres semanas más, y esperaba poder encontrarse con ella en quince días y luego iniciar su viaje a Cuba. Y aunque la decisión de viajar no la había tomado por María, ella era un gran aliciente para hacerlo y para definir el primer destino del viaje.

El abuelo logró que Luis le dijera el nombre completo de María y el hotel en el que se hospedaba. Sin demora, organizó un viaje a París, mientras le decía a la familia que iba a Barcelona, un destino habitual para él. Al mismo tiempo, le envió un telegrama a Ramón de Vicuña, político y naviero, miembro del partido, con familia y conocidos en La Habana, para que le diera información de la señorita cubana.

Mientras tanto, Luis estaba convencido de que su familia apoyaba el viaje. Organizó las cosas que se llevaría, se despidió de sus hermanos y sus amigos. Ellos con afecto le dijeron que lo envidiaban y que esperaban sus postales y una que otra carta. Pero el abuelo Legure, antes de viajar, le explicó a Bernardina que Luis pensaba huir con una artista cubana. Luego de escuchar esta versión, la tía frente al joven decía que lo iba a ayudar, sin embargo, no pensaba darle el dinero que le había prometido. Luego de escuchar a su padre, ella creía que arruinaría la vida de su sobrino si lo ayudaba a seguir a la artista cubana. Domeka por su parte siguió en los preparativos para entregar la fábrica y se desentendió de lo que estaba pasando con Luis.

La respuesta de Vicuña llegó a los tres días de la partida del abuelo, Bernardina la recibió y entró en pánico. Inmediatamente reenvió el telegrama al hotel donde estaba su padre.

El abuelo lo recibió y con calma se dirigió al hotel de María. Solicitó que la llamaran, pero ella no estaba, entonces la esperó. El encargado del mostrador le solicitó al botones avisarle a Legure cuando la señorita entrara. El abuelo estaba leyendo cuando sintió algo de revuelo a su alrededor, levantó la mirada para enterarse que todo era causado por la llegada una bella mujer. El botones se le acercó y le dijo: «*Elle est, Madeimoselle Cale*». Al tiempo, el encargado del mostrador señalaba a Legure y le decía a María que el señor la estaba esperando. Ella miró extrañada, no conocía al señor y el apellido no le decía nada, conocía a Luis por su primer apellido, Gomiziaga.

El abuelo y María se fueron acercando uno al otro, y mientras María lo saludaba con una expresiva sonrisa, el abuelo le dijo:

—Manténgase alejada de Luis —luego se acercó a su oído, para que solo ella escuchara y le susurró—: Prostituta.

María se puso roja y sus ojos se humedecieron de lágrimas, no podía descifrar cuál era el motivo del señor para insultarla.

Con el paso de los días Luis empezó a inquietarse, su tía no le daba razón del dinero para el viaje y notaba un cambio en su actitud. También le preocupaba no alcanzar a encontrarse con María en París. Le envió un telegrama y obtuvo una respuesta tan breve como perturbadora: «No quiero volver a verlo. María». Hasta el momento María no había sido el centro de los pensamientos de Luis, a pesar de él tener sus hormonas en contra y ella a su favor, pero ese telegrama le quitó la poca paz que le quedaba. La falta de claridad de la situación lo sumió en un permanente desasosiego. Se preguntaba una y otra vez qué había hecho para generar una respuesta tan contundente y por qué había cambiado ella de manera tan drástica la percepción que tenía de él. El asunto se le volvió una obsesión, solo pensaba en ella. Envió otro telegrama, esta vez no obtuvo respuesta. Por primera vez en su vida, sintió que perdía el control.

Al regresar de París el abuelo lo llamó. Luis encontró a su tía Bernardina y, para su sorpresa, Domeka. Habló el abuelo mientras Bernardina asentía con la cabeza y Domeka simplemente miraba.

—No aprobamos el viaje, sabemos que te motiva el enamoramiento hacia una mujer que no te conviene. Ya conocerás otras mujeres que compartan tu estilo vida, tus costumbres. Vas a iniciar tus estudios en Deusto, como se había hablado, una vez finalice el verano —determinó, contundente, el patriarca Legure.

—Es lo mejor para ti —remató, Bernardina.

Luis recuperó la calma que había perdido, ahora todo tenía sentido. Al finalizar la reunión acompañó a su tía caminando hasta la casa. En el camino trató de explicarle la situación, le dijo que todo era un malentendido y se mostró decidido a iniciar su viaje a Cuba con o sin el apoyo de la familia. Bernardina le creyó, y prometió hablar al día siguiente con su padre.

—Tú no entiendes lo que puede hacerle una mujer a un joven de diecisiete años, puede volverlo loco —fue la respuesta de su padre.

—Me crees ciega a esas realidades, pero entiendo lo que puede pasar, y no es lo que está sucediendo. Conozco a Luis —replicó Bernardina.

Nada cambió con la conversación. Bernardina sabía que Luis estaba decidido a partir y ella trataría de hacer su viaje lo más cómodo que estuviera en sus manos. En secreto, habló con un amigo de la familia, socio de la compañía de astilleros Euskalduna. Él le recomendó un buque, del cual conocía personalmente al capitán. Un hombre de su confianza que podría cuidar a Luis hasta la llegada a La Habana.

Le dio a su sobrino algo de dinero para el viaje, prometiéndole que le haría llegar oro con los capitanes conocidos. Luis abrazó a su tía, sentía que un gran peso se quitaba de sus hombros.

Caminando por Portu Zaharra, luego de que las condiciones para su viaje se dieran, Luis vio algo diferente: el tenue tinte gris que usualmente tenía todo el paisaje marino ya no estaba. Pudo observar el mar y el cielo con mayor agudeza, y reconocer en ellos unos colores más intensos y puros. Siguió caminando sintiendo la lluvia ligera en su cara.

Cuba

Luis llegó con su equipaje al buque cuando el día estaba finalizando. Se presentó con el capitán, quien lo saludó amablemente y lo instaló en un camarote cerca del suyo. Seguidamente, le mostró el barco y le explicó el itinerario. El joven se sentía feliz, liberado.

El viaje hasta La Habana estaba programado por veintiocho días, iban a realizar una parada para recoger un cargamento de naranjas en Ponta Delgada, en las Islas Azores, allí se quedarían tres días. Luego estarían dos días en Santiago de Cuba para finalmente, arribar a La Habana. El joven estaba emocionado con el viaje, por fin consideraba que todo tenía sentido en su vida.

Durante el viaje el joven vasco invertía el tiempo en hablar con los marineros. Escuchaba con detenimiento y concentración. Además, su curiosidad inmensa lo llevaba a hacer preguntas detalladas de una forma sosegada y profunda que los demás leían como genuino interés, sintiéndose motivados a contestar. Al igual que con los trabajadores de la fábrica de chocolate, en pocos días, se ganó el cariño de la tripulación. Cada vez era más obvio que el joven tenía una gran habilidad para conectarse con las personas, quienes lo veían como alguien confiable.

El cargue de las naranjas fue rápido en el puerto de Ponta Larga, sin embargo, Luis notó que en las noches había actividad. En la segunda noche le preguntó a un marinero de Getzo qué pasaba.

—Están cargando madera.

—¿Por qué en las noches? —insistió Luis.

—Porque es una carga no declarada, es contrabando —contestó el marinero.

—¿Y el capitán? —preguntó Luis, intrigado.

—Es el que más gana —le contestó el marinero guechotarra.

Al llegar a Santiago de Cuba los marineros veían a Luis, un joven de clase media alta, como uno más. El joven marinero guechotarra quería mostrarle la ciudad, y le sugirió lugares para quedarse, él ya había estado en la ciudad un par de veces. Luis se sentía abrumado, el lugar era totalmente diferente a lo que conocía, el sol era más brillante, la gente parecía más alegre. Era una sensación totalmente diferente a la que le provocaba Europa. Cuba lo cautivó inmediatamente. Aceptó la compañía de su amigo marino para conocer la ciudad.

Para el guechotarra disfrutar el tiempo en tierra implicaba bailar y beber, dos actividades en las que Luis no sobresalía. Mientras su amigo se dedicaba a ellas, él hacía lo que mejor sabía, escuchar y hablar. Las jóvenes, cubanas y estadunidenses en su mayoría, disfrutaron notablemente las anécdotas de Luis, contadas en el ritmo y la cadencia ideal.

El resto del trayecto Luis aprendió sobre las costumbres de los marinos y del comercio que se movía paralelamente al legal. Esa posibilidad de dos mundos similares, pero opuestos, moviéndose al mismo tiempo, lo fascinó.

Al llegar el momento de despedirse de la tripulación, Luis se entristeció al dejarlos. Prometieron seguir en contacto.

Antes de tomar un carro, Luis se sentó mirando al mar abierto. Abrió la carta de recomendación que le había dado Bernardina, dirigida a la familia que lo acogería en La Habana. La gran influencia política del abuelo le abriría las puertas en cualquier casa de vascos en América. La emoción del viaje había desaparecido la necesidad de aclarar la situación con María, pero la llegada a La Habana la puso nuevamente en las prioridades. Era ella quien había inspirado el primer destino de su viaje, quería verla, saber qué había pasado. Sin embargo, optó por ir donde la familia que lo recibiría, la familia Cendoya.

Era una familia de origen vasco que llevaba dos generaciones en Cuba. Se dedicaban a los negocios. El padre había muerto y su legado lo seguían dos hijos y una hija. Luis se quedaría con el mayor de ellos, Andoni, un próspero empresario dedicado a la comercialización de madera y la producción y exportación de azúcar. En el momento sus negocios estaban en expansión, tenía fincas azucareras en Songo, Camagüey y una finca con caballerizas en Guaninao. Adicionalmente estaba incursionando en el negocio del bodegaje en los muelles.

Andoni Cendoya dividía su tiempo entre La Habana, ciudad de la familia de su esposa, donde vivía en una casa fastuosa en el barrio El Vedado, a cuatro cuadras del Malecón, y Santiago de Cuba, ciudad donde había crecido y desde la cual mantenía el mayor control de sus empresas.

Las hermanas y los padres de la esposa de Andoni, llamada Pilar, vivían cerca. En la tarde la casa de la pareja estaba llena de mujeres que conversaban ruidosamente en el jardín mientras miraban a sus hijos correr por los pasillos, y los hombres se adueñaban del estudio y hablaban acaloradamente llenando el recinto con el humo de los habanos y el olor del ron.

La empatía entre Andoni y Luis fue inmediata. Andoni era un hombre impetuoso, con poco más de treinta años, de ademanes fuertes, caminar seguro y gran conversador. Pilar era encantadora. Era una hermosa mujer cubana, en quien que los atributos físicos competían con la inteligencia. Al igual que su esposo, era una gran conversadora y una mujer de mente abierta. Tenía la calidez de las personas que crecen en el Caribe.

—Luis, debes estar cansado, ve a descansar —le dijo Andoni, tarde en la noche de su llegada, pero ninguno se movió y siguieron hablando.

Luis les contó que su plan era viajar por el mundo y que por una casualidad de la vida había empezado por Cuba. No se veía como un abogado, lo que esperaba que fuera su padre, no tenía la vocación. Tampoco quería ser político, aunque le gustaba la política. Les dijo que realmente él aún no sabía qué quería hacer con su vida, más allá de viajar y pensar en tener su propia fábrica de chocolate.

—Pero es un gran plan —le dijo Andoni, riendo. Al igual que le pasaba a Bernardina, Andoni y Pilar olvidaron rápidamente la corta edad del joven.

—Quiero seguir expandiendo mis negocios en Santiago de Cuba, pero debo viajar mucho—dijo Andoni en un momento de la noche.

—Para mí es muy difícil pasar tanto tiempo separada de mi esposo —manifestó Pilar—, los niños están creciendo y quisiera que compartieran más con su padre.

Uno de los niños se despertó y Pilar se fue a acostarlo, Andoni aprovechó el momento para tratar un tema que consideraba de hombres.

—Tu tía me escribió algo con relación con una mujer —dijo.

—Es una confusión Andoni. Cuando mi madre murió no me sentía parte de Getzo del todo. Sentía que algo le faltaba al lugar o que algo me faltaba a mí. Las personas que me rodeaban no me llegaban del todo. Era como si yo perteneciera a otro lugar, pero no sabía a cuál. En un viaje a París conocí unos maravillosos artistas centroamericanos, caribeños y suramericanos, y a esa mujer hermosa cubana que mencionas. Ellos me hicieron reflexionar sobre las diferentes posibilidades que tiene la vida. Quiero viajar, quiero aprender y empiezo aquí en La Habana —Luis hizo una pausa y analizó la cara de su interlocutor.

Andoni escuchó atentamente a Luis y quedó impresionado con su candidez. Sin embargo, sentía un deber moral con Bernardina y preguntó algo más con relación a la bella mujer.

—¿Cómo se llama la mujer que conociste?

—María Cale —contestó Luis.

Andoni guardó silencio y trató de ocultar su cara de asombro. Él conocía a María y su belleza, pero también sus intereses y sus compañías. Le causaba extrañeza que se hubiese fijado en alguien tan joven como Luis que aún no tenía una fortuna propia.

—¡Qué pequeña es La Habana, Luis! Sé de quién me hablas. Es una mujer interesante —exclamó Andoni y no dijo nada más al respecto. Luego le contó que viajaba para Santiago de Cuba y lo invitó. El joven aceptó encantado. Fue un viaje de tres semanas en las que supervisaron el almacenamiento de las maderas en el puerto y revisaron que todo estuviera en orden en las nuevas bodegas.

—No conoces la ciudad por mi culpa. Esta noche tenemos una reunión familiar en un hotel. Pilar va a presentarte a Amelia, su prima. Puedes aprovechar y caminar por el malecón con ella —le dijo Andoni a Luis cuando regresaron de a La Habana luego de encargarse de los asuntos pendientes del floreciente negocio de Andoni en Santiago de Cuba. Luis se sentía feliz, su relación con el cubano era como hubiese querido la relación con su padre. Lo acompañaba en sus jornadas, y disfrutaban de la mutua compañía.

—Sonó como si yo le tuviera preparada una emboscada a nuestro Luis —se quejó Pilar, riendo—. La verdad, sí quiero que la conozcas. Ella es particular, como todos los artistas. Es pintora, y muy madura para su edad, como tú.

—Por supuesto, yo la quiero conocer —repuntó Luis en tono divertido.

En el hotel Pilar cumplió su cometido presentando a los dos jóvenes. Luis y Amelia conversaron toda la cena. Amelia era una estudiante de bellas artes de veintitrés años y su sueño era ir a París a seguir sus estudios. Luis le contó su experiencia con sus amigos los artistas.

Cuando terminó la comida los jóvenes salieron a caminar por el Paseo del Prado. Los dos sintieron que tenían algo en común, y hablando y hablando, no se dieron cuenta que llegaron al Malecón. Sin ponerse de acuerdo, siguieron hacia la playa, se quitaron los zapatos y continuaron por la arena. Luis sentía el mar parte de él. Amaba esa brisa marina cálida, sentía que pertenecía más al mar de La Habana que al de su tierra natal. La amistad entre la joven cubana y el joven vasco quedó cimentada desde esa primera velada. Se volvió costumbre que salieran a caminar a la playa a hablar de sus planes. Para los padres de Amelia que habían aceptado que ella fuera artista, aunque hubiesen preferido que su prioridad fuera encontrar un buen hombre con quien casarse, algo que no estaba en los planes de ella, fue un aliciente la aparición de Luis. Pensaban que ella lo consideraría como pretendiente. Pero Luis y Amelia se reían de estas percepciones, no había nada romántico en su relación, era una gran amistad alimentada por la coincidencia de sentirse extraños en su propia tierra y ajenos a su propia familia.

Luis aprendió de arte con Amelia, si bien le costaba trabajo entender sus lecciones acerca de la estética, respetaba y admiraba profundamente su trabajo. Por su parte Amelia se divertía con las historias de los muelles que le contaba Luis.

Con el paso de los días, el plan inicial de Luis de viajar a muchos lugares fue cambiando, y la estadía en Cuba se extendió. Andoni empezó a delegarle las funciones en el puerto de Santiago de Cuba mientras él supervisaba las fincas cañeras. En compensación, le dio una pequeña participación en el negocio. Y en poco tiempo Luis fue el encargado de todos los negocios de Andoni en el puerto. Un lugar que se fue ganando con una mezcla de seriedad, empatía con los trabajadores y visión.

El joven vasco invertía el dinero ganado en la importación de telas. Se estaba convirtiendo en un pequeño empresario a la sombra de Andoni, quien le tenía un gran cariño. Estaba reuniendo un pequeño capital que agregado a la herencia que tenía, le permitía pensar en inversiones importantes. Aunque el trabajo en los puertos y negociar con mercancías, especialmente telas y maderas, le gustaba, aún pensaba en la fábrica de chocolate: su interés principal estaba en la materia prima y cómo exportarla desde Ecuador y Colombia hacia España. También quería aprender los nuevos métodos de los holandeses para extraer la manteca del cacao. No descartaba la idea de seguir adelante con el comercio y también con producir derivados del cacao. Ya había indagado sobre las rutas de exportación, información que sabía le serviría para cualquier producto que decidiera comercializar.

Luis siguió en contacto con sus amigos marineros y el capitán del barco que lo había llevado hasta Cuba, ellos le daban un panorama global de lo que pasaba en el mundo de las importaciones y exportaciones, declaradas y no declaradas. También intercambiaba cartas de forma periódica con su tía y su primo José, para mantenerlos al tanto de lo que hacía. Para Bernardina era un bálsamo de tranquilidad recibirlas y para José la posibilidad de sumergirse en otro mundo.

Una noche, varios meses después de haber arribado a Cuba, llegando a una fiesta de la familia

Cendoya en el hotel Sevilla en La Habana, Luis vio a María. Por un momento borró todo lo que había a su alrededor, solo la veía a ella. Posiblemente las lecciones de arte de Amelia habían servido y permitieron que el contraste de colores de María lo hipnotizara. Había olvidado lo hermosa que era o quizá el trópico le sentaba bien. Estaba más hermosa que en París. Llevaba puesto un vestido ceñido totalmente blanco. Tenía los labios pintados de un rojo intenso que contrastaban con su pelo y sus ojos negros. Ella notó la mirada, y los dos quedaron atrapados en los ojos del otro por unos segundos. Luego ella continuó con su grupo como si nada hubiese sucedido.

Luis quería acercarse, pero ella estaba en medio de un grupo de personas que él no conocía y no se atrevía a interrumpir. Inquieto, volvió al salón en el que se llevaba a cabo la reunión de la familia Cendoya. Amelia, por primera vez, lo vio descompensado.

—¿Estás bien? —inquirió ella, preocupada.

—Acabo de ver a una mujer que conocí en Europa. Quería saludarla, pero la tienen acaparada un montón de hombres que no conozco.

—¿Qué tipo de relación tenías con esta conocida? —le preguntó Amelia.

Luis no pudo disimular, sus mejillas se tiñeron de rojo. Amelia entendió inmediatamente y bajo su tono de voz.

—¿Qué pasó con ella? —preguntó.

—Tuvimos un malentendido que me gustaría aclarar —puntualizó Luis. Amelia lo miró a los ojos y le creyó a medias.

—Vamos, llévame, de pronto está con algún conocido de la familia.

Luis y Amelia salieron al *lobby*, se podía identificar claramente una mujer que había generado un pequeño alboroto a su alrededor.

—¿Es ella? —preguntó Amelia.

—Sí —afirmó Luis.

—Mira, en su grupo está un amigo de mi padre, el señor del bigote —dijo Amelia.

—¿Quién es? —preguntó Luis.

—Un empresario —respondió Amelia.

Luis lo miró y notó que era el hombre que estaba más cerca de María. Sintió celos. Se avergonzó por su extraña y ridícula reacción. Llevaba meses en La Habana y había optado por no buscarla: «¿De dónde sale este sentimiento absurdo ahora?», se preguntó.

—No, mejor no nos acerquemos —le dijo Luis a Amelia, y la tomó del brazo para guiarla al salón nuevamente.

Luis, un gran conversador, tuvo problemas en la fiesta para ser buena compañía. Amelia se hizo a su lado para protegerlo un poco de las preguntas. A Pilar y a Andoni les dijeron que no se sentía bien: «Seguramente es tanto sol que recibió en la mañana», se aventuró a decir Amelia.

Luis pasó toda la velada luchando consigo mismo, tratando de no buscar a María con la mirada, pero fue lo que hizo. Sin embargo, a pesar de sus esfuerzos no la volvió a ver en toda la noche. A las doce se disculpó y se despidió diciendo que se iba para la casa porque no se sentía bien. Salió del hotel caminando por el Paseo del Prado y llegó al Malecón mientras en su cabeza se libraba una batalla. Sentía que se estaba comportando como un niño, nunca lo había hecho y no quería empezar ahora. Como si no dependiera de él, veía sus piernas dirigirse a la casa de María. Ella le había dicho dónde vivía, pero él nunca había buscado la casa, y sin embargo, sus piernas, cruzando calles, girando, parecían intuir el camino. Se fue despacio luchando con sus propias intensiones. Llegó en cuarenta y cinco minutos: la casa de María quedaba a unas diez cuadras de la casa de Andoni y Pilar. Se sorprendió de no haber pasado por esa manzana antes. Era una casa grande y lujosa, Luis recordaba que María le había dicho que vivía sola, tal vez él entendió mal, era una casa muy grande para que viviera alguien solo.

«¿Ahora qué hago?», se preguntó. Miró su reloj mientras estaba parado al frente de la casona. Era casi la una de la mañana, tratar de ver a María en ese momento no era oportuno: «¿Cómo iba a tratar de aclarar el malentendido tocando en su casa en la madrugada?». La caminata lo hizo entrar en razón. Miró la casa y dio media vuelta para seguir su camino. En ese instante vio las luces de un auto que paró a su lado, el conductor lo saludó con un ademán y bajó para abrir la puerta de atrás. En el asiento, tumbada, estaba María, parecía muy ebria. Luis se aproximó a ayudar al conductor a sostenerla. La puerta de la casa se abrió y dos personas salieron. El hombre y la mujer que salieron de la casa le permitieron entrar a María. El conductor dio las gracias y se fue. Nadie se interesó en saber quién era, solo la mujer le preguntó si venía con la señorita, y él dijo que sí. Luis la subió a la alcoba, y allí los dejaron. Luis no salía del asombró. María, entre consciente e inconsciente, lo reconoció.

—Quédate —dijo ella. Luis dudó por un momento y salió.

Cuando María se despertó la mujer que la había recibido en la madrugada, parte del personal de servicio de su casa, le informó que Luis Gomiziaga Legure le había dejado una razón:

—La espera el sábado en quince días, a las siete de la noche en el restaurante del hotel Sevilla —informó.

—¿Él pasó la noche conmigo? —preguntó María.

—No, señora. Se fue —dijo la empleada.

Andoni definió que era momento de que Luis visitara las fincas azucareras. Quería que ampliara su visión y estuviera al tanto de los cultivos. Viajaron a Santiago de Cuba juntos, y quedaron de encontrarse en Alto Songo para iniciar un recorrido por las haciendas, luego de que Luis organizara los asuntos del puerto.

Unos días antes de cumplir su cita con Andoni, Luis se reunió con uno de sus nuevos amigos, un experimentado comerciante que importaba materias primas desde Centroamérica hacia Estados Unidos, y muebles de madera desde Luisiana a La Habana. El comerciante llamado John Carlos Smith Jiménez, de padre estadounidense y madre cubana, veía en Luis una versión de sí mismo joven.

—John, te tengo una propuesta. ¿Qué sabes de la producción de chocolate?

—No mucho, mi amigo —le contestó John, fascinado con la confianza en sí mismo que mostraba Luis.

—¿Te interesaría aprender?

—Depende —replicó John sonriendo.

Luis le explicó el negocio, pero John, veinte años mayor que el joven vasco y con una amplia experiencia en comerciar, y contrabandear, le presentó un panorama más amplió para llevar productos a Suramérica y Cuba. Le dijo que lo quería de socio. Le vendría bien su juventud y energía.

—Empecemos por ampliar nuestras fronteras, y después en diversificarnos—le propuso John.

Luis aceptó. John empezó explicándole cómo los productos los cruzaban del sur por una región selvática del Pacífico colombiano, llamada Chocó, hasta el Atlántico. Le dijo que del Caribe llegaban a la Guajira y de Colón a Turbo. Luis escuchaba con interés la ruta usada para cada producto de acuerdo con su lugar de procedencia. John sería el enlace para los productos que se llevarían a los Estados Unidos y Europa. Luis se encargaría de Suramérica.

Luis quería entrar a la sociedad con una inversión, si bien no sería equivalente a la de John, sí era cuantiosa. Entonces definieron que ese aporte podría hacerse con un nuevo barco. Era un asunto del que Luis sabía. Aprendió todo lo que se necesitaba saber de barcos y navegar en Portu Zaharra, y Cuba era un muy buen mercado para lo que buscaba. Estaba sorprendido por la calidad de los botes que se construían en la región. El trabajo de carpintería que tenían era excepcional.

Esa noche Luis no pudo dormir, recordó su viaje a París. Sentía que nuevamente algo en él le pedía moverse, cambiar. Pensó en cada uno de los lugares de los que le había hablado John. Siguió la ruta en mapa imaginario, identificando si el cruce de la mercancía se realizaría por tierra, mar o río.

Al día siguiente se encontró nuevamente con John, fueron al muelle y John le presentó a un comerciante.

—Te presento a Genaro. Es uno de los hombres más respetados del puerto y mi mejor amigo —le dijo.

—Me dice John que usted quiere comprar un barco —apuntó Genaro. Serio pero amable. Era un hombre negro de contextura fuerte que estaba en sus treinta.

—Sí, Genaro —contestó Luis—, uno resistente que pueda llevarme a Suramérica muchas veces.

—Yo le tengo uno en óptimas condiciones. Fue construido hace cincuenta años. Tiene las mejores maderas de la isla, va a sobrevivir todas sus generaciones —le dijo Genaro.

Luis sonrió. Mientras caminaban por el puerto, Genaro contó la historia del navío que inicialmente estaba destinado a ser un barco de guerra. Cuando llegaron a la nave, Luis se encontró con una pieza maravillosa de carpintería. Genaro no había exagerado, tenía un trabajo impecable. Estrecharon manos y cerraron el trato. Acordaron que Genaro cuidaría el barco hasta que Luis lo terminara de pagar con abonos en oro mensuales. Luis esperaba pagarlo en un año. Estaba feliz, sentía que el mundo se abría ante él.

Luis terminó de hacer sus diligencias e inició el viaje a Songo. La finca estaba a unos treinta kilómetros de Santiago de Cuba. Era el primer viaje que Luis hacía por tierra, de La Habana a Santiago viajaba en barco. Lo sorprendió el paisaje y las grandes plantaciones de azúcar. Cuando llegó a la casa de la hacienda sentía que había cambiado de mundo.

Andoni recibió a Luis y le presentó al capataz. Al joven vasco lo impresionó ver como el hombre trataba a las mujeres que trabajaban en la casa, todas negras, como esclavas. Su percepción de la situación empeoró cuando salieron a la plantación. Había jefes de cuadrillas que se encargaban de un número determinado de corteros de caña, pudo ver incluso niños, y el trato que cada jefe de cuadrilla les daba era denigrante.

El capataz durante el recorrido quería hacer bromas con Luis y ser simpático. Pero Luis, generalmente jovial, amable y conversador, guardaba silencio. Al poco tiempo manifestó tener dolor de cabeza y se fue a su cuarto. No podía procesar la información del día, no entendía qué pasaba ni por qué Andoni permitía esa situación. Al día siguiente se levantó todavía contrariado, solo quería salir de ese mundo, volver al puerto.

—Todavía te veo cansado, Luis. Eres muy bueno para viajar por agua, pero muy malo para viajar por tierra —le dijo Andoni en tono divertido, al ver la seriedad del joven vasco. El capataz rió, y Luis permaneció taciturno.

El tiempo en Songo fue un martirio para Luis. Luego de Songo fueron a Guaninao. La experiencia fue similar, Luis agradeció que el capataz no intentara ser amable con él. Finalmente, viajaron a la finca de Camagüey. Luis seguía sombrío y excusaba su humor en un malestar físico que realmente no existía. En Camagüey notó que las mujeres de la casa revoloteaban de forma nerviosa. Particularmente una joven que parecía de su edad. Una muchacha hermosa con cabello trenzado sobre el cuero cabelludo imitando las divisiones de los cultivos de caña. La joven parecía siempre al borde del llanto, Luis estaba por preguntarle si se sentía bien en el momento que terminó la comida, cuando Andoni se dirigió a ella.

—Mirta ve subiendo, lleva una botella de ron —dijo Andoni. Y luego se dirigió a Luis—: ¿Quieres que te mande una negra? La hermana de Mirta tiene 13 años, se parecen mucho y es virgen.

Luis intentó disimular su horror. Agradeció, dijo no sentirse bien, esta vez era verdad, y se retiró.

—Este muchacho es singular —dijo Andoni, dirigiéndose al capataz.

—No se preocupe, señor Andoni. Yo se la sigo guardando —fue la respuesta del capataz, refiriéndose a la niña.

El regreso a Santiago de Cuba fue un infierno para Luis. Allí se disculpó con Andoni y le dijo que debía quedarse para una reunión que faltaba con John. Andoni lo lamentó, aunque había percibido distante a Luis, había disfrutado su compañía. Luis necesitaba tiempo para entender lo que había vivido en el viaje. Tenía claro que seguiría viviendo con Andoni y Pilar, no podía verlo a él de la misma manera que antes. «¿Cómo puede él permitir que la gente de las plantaciones viva en esas condiciones? ¿Cómo aprueba el trato que los capataces dan a la gente? ¿Qué pasó en Camagüey? ¿Qué clase de hombre es Andoni? ¿Obliga a esa joven a pasar la noche con él? ¿Quería obligar a una niña a pasar la noche conmigo?». Luis no paraba de hacerse preguntas, para las que hubiese preferido no tener respuestas. La contestación que tenía a cada pregunta lo asqueaba y enojaba cada vez más.

Fue a buscar a John para hablar de algo diferente, algo que lo distrajera, pero le informaron que él no estaba en la ciudad. Seguidamente buscó a Genaro con la disculpa de hablar del barco. Genaro lo invitó a comer en su casa, le presentó a Rita, su esposa, y Luis, sin proponérselo, empezó a hablar de lo que había vivido en las plantaciones. Genaro, además de comerciante, era un líder político del movimiento obrero, varios años atrás había dejado de ser asalariado y se dedicaba al comercio para tener más tiempo para el movimiento.

Les llegó la mañana hablando de igualdad y del derecho a la autodeterminación. Genaro vio en Luis a un soñador, un aventurero de buen corazón. Se solidarizó con él y le ofreció un cuarto en su casa. Luis aceptó la amable propuesta. Al siguiente día el joven vasco le envió un telegrama a Andoni contándole que las diligencias en Santiago de Cuba iban a requerir más tiempo.

Genaro le propuso a Luis que empezara a viajar en el barco y que dividieran las ganancias, eso se abonaría al pago. A John la idea le gustó, llevaba mucho tiempo trabajando solo, para él estaba bien tener a un amigo y a un pupilo como socios.

Luis empezó a ir a La Habana, dos noches cada quince días. El primer viaje fue para cumplir la cita con María. Se hospedó en el hotel del encuentro y evitó ir a casa de Andoni, no estaba preparado para confrontarlo. Después de registrarse no subió a la habitación, fue directo al restaurante, lleno de sol y de viento, mientras ella lo estaba esperando en la mesa impecablemente arreglada y asombrosamente bella. Esa noche pudieron aclarar todos los malentendidos y Luis supo que su abuelo había ido a París a ver a María.

Fue pasando el tiempo, los comensales vecinos se fueron y la pareja se percató de ser la última en el restaurante al ser interrumpida por el camarero, quien impacientemente les informó que la cocina llevaba una hora cerrada. Les costaba despedirse. Hasta que María por fin se decidió y salieron juntos hasta el *lobby*. Luis no quería dejarla ir, pero tampoco quería forzar la situación. Llegó a su habitación batallando con sus pensamientos ambiguos. Una parte suya se recriminaba haberla dejado ir, haber perdido tanto tiempo. Sin embargo, otra voz interna le decía que no debía apremiar ninguna situación. Estaba tratando de encontrar algo de paz en el horizonte que le ofrecía el balcón de la habitación, cuando tocaron a la puerta. Era María.

Después de ese encuentro la pareja siguió viéndose, y para María las dos noches de Luis en La Habana empezaron a ser insuficientes, cada vez quería pasar más tiempo con él. Paulatinamente, sus sentimientos por él empezaron a interferir en su vida. Con frecuencia cancelaba las citas con sus amigos y dedicaba los días a quedarse en su casa esperando la visita de Luis.

Por su parte Luis en las fugaces visitas a La Habana, además de encontrase con María, trataba de verse con Amelia para dar un paseo por la playa y tomarse un café. Para Amelia no era un secreto la realidad que Luis había descubierto en las fincas y la indignación de esa inequidad social. El tema les daba horas de conversaciones nutridas por los discursos que Luis aprendía de Genaro, a quien frecuentemente acompañaba a las reuniones del movimiento obrero.

Entre tanto, en Euskadi, José, el primo de Luis, ya terminaba el colegio y se preparaba para estudiar derecho. Luis le escribió una de sus tradicionales cartas extensas felicitándolo. Y centró su escrito en la importancia de permitir a cada pueblo desarrollarse de forma autónoma y el aporte que esto hacía a la humanidad. Exponiendo que el progreso no estaba en la estandarización, por el contrario, la singularidad de cada pueblo era la real riqueza que llevaría al progreso.

La formación política que Luis había tenido con su familia se fortalecía gracias a Genaro. José, inherentemente político, contestó las cartas con la vehemencia de un adolescente. Aportando sus ideas para lo que sería una sociedad ideal, una Euskadi autónoma e independiente.

En las siguientes reuniones de Luis y Andoni, este lo sentía diferente. Pensaba que tal vez era la madurez y las responsabilidades que tenía encima el joven vasco. Luis, por su parte estaba dando tiempo a que se afianzara su sociedad con John y Genaro para finalizar sus asuntos con Andoni.

Con Genaro había empezado a viajar a Panamá. Compraban telas que pasaban a Colombia y llevaban oro a Cuba. Era una red compuesta por marineros experimentados que se trataban como familia y que guardaban un profundo respeto unos a otros. La palabra era sagrada, y todos los tratos y negociaciones se realizaban con esta como único garante. Era un círculo familiar para Luis, en el que se desenvolvía con agilidad y dedicaba el tiempo a hacer amigos y estudiar las rutas. Siempre respetaba el precio que los locales ponían a sus productos y él mismo se encargó de desempeñar todas las funciones para conocer a fondo la actividad. Era común que bajara a las tiendas de telas a negociar personalmente con los dueños de los almacenes. Sus visitas eran esperadas, quitaban al intermediario y siempre tenía historias para contar y entretener a los presentes en las tiendas. Los que estaban pasando un momento difícil financieramente sabían que podían obtener rebajas en los precios de las mercancías o dejarlas en modalidad de préstamo, los cuales, muchas veces, de acuerdo con las circunstancias, Luis condonaba.

Sus habilidades en el mar fueron rápidamente reconocidas en el medio, y pronto otros comerciantes quisieron que él se encargara de negociar y transportar sus productos.

Seis meses después del trato hecho con Genaro, el joven tenía cómo pagar el barco. Entonces se reunieron los tres socios para definir las nuevas reglas del negocio. Como siempre la charla terminó al amanecer, mientras Genaro y John disfrutaban unas copas de ron y se burlaban del sobrio Luis.

Mientras tanto, uno de los poderosos amigos de María, quien le había regalado sus carros y una hermosa casa, estaba molesto por las cancelaciones y ausencia de ella de la escena social. A ella no le importaba, solo quería pensar en Luis, esperar su llegada y disfrutar el poco tiempo que tenían juntos. Finalmente, María decidió trasladarse a Santiago de Cuba por un tiempo para estar más cerca de Luis. En esta ciudad ella era una desconocida, solo llamaba la atención por su belleza, pero no por su historia.

En el hotel que escogió, pidió una habitación a nombre del señor Gomiziaga y señora, y la pareja se sumergió en una ficticia vida compartida.

Pero lo que era felicidad para ellos era desengaño para el amigo de María que pensaba que su inversión en ella era muy alta para que de un momento a otro decidiera desaparecer. El hombre, llamado Fernando Salcedo, era uno de los pocos que había logrado mantenerse en Cuba sin problemas a pesar de su cercanía con el gobierno del *Alacrán*. Salcedo estaba muy bien relacionado y era dueño de un gran número de plantaciones. Era un cincuentón que nunca aceptaba un no por respuesta y que tenía una relación compleja con las mujeres. Siempre se había rodeado de mujeres hermosas y sumisas. Tenía tres hijos de su matrimonio con una cubana de abolengo y seis más con tres mujeres de las plantaciones. Cuando conoció a María perdió la cabeza por ella. María sabía sacar provecho de lo que generaba en los hombres. Él aceptaba pacientemente la relación de María con sus otros amigos, hombres también muy poderosos, a cambio de que ella estuviera disponible para él de cuando en cuando. La invitaba a lujosos viajes fuera de la Isla, de los que María llegaba llena de obsequios. Poseído por los celos, Salcedo puso a uno de sus trabajadores a seguirla y este le informó sobre la relación de ella con un joven comerciante español con el que convivía en Santiago de Cuba. Fernando perdió la razón, la furia lo consumía, no podía soportar que ella estuviera enamorada, no podía permitir que tuviera ese tipo de sentimientos, sabía que podían separarla de él.

Entonces, para tener mayor control sobre la situación, encargó a otro de sus hombres seguir los pasos de Luis.

Un viaje a Suramérica que Luis no pudo evitar, y que duraría un par de meses, finalizó la estadía de María en Santiago de Cuba. María, consciente de que sus sentimientos por Luis eran más intensos con el paso de los días, concluyó que debía hacer cambios en su estilo de vida. Por su parte a Luis la poca experiencia solo le permitía sentir y disfrutar el momento, no tenía la capacidad para complejizar su vida pensando en qué le deparaba el futuro con María. Quería estar con ella, era todo lo que sabía.

Al finalizar el viaje Luis regresó a Santiago de Cuba a organizar el embalaje de las mercancías que iban para otras ciudades. Quería hacerlo rápido para viajar a La Habana y sorprender a María. Al terminar la semana, luego de solucionar un problema con una madera que debía enviar y que se tardó en estar en el puerto, fue a casa de Genaro que salía para una reunión del movimiento obrero. Luis lo acompañó. Disfrutaron las discusiones que surgían y que al calor del ron se volvían más filosóficas. El joven vasco compartía la exaltación de los demás, a pesar de no tomarse un solo ron.

Al terminar la reunión Luis condujo a Genaro, quien había bebido más de la cuenta, hasta la casa. Aunque intentó no hacer ruido, Genaro se tropezó con varios muebles y su esposa se despertó con el ruido. Ella le agradeció a Luis que hubiese cuidado a su esposo y entre los dos metieron a Genaro en la cama. Parecía pesar una tonelada cuando no controlaba totalmente los músculos de su cuerpo.

—¿Quieres algo de comer? —le preguntó Rita a
Luis.

—No, Rita, me da vergüenza a esta hora causar
molestias, muchas gracias —dijo Luis.

Ella, maternal con Luis como solía serlo, insistió y
a pesar de su negativa empezó a calentarle arroz con
fríjoles negros. Rita empezaba a reírse de las historias que
le estaba contando Luis de su esposo de lo sucedido esa
noche, cuando escucharon un ruido sordo que los dejó
inmóviles por unos segundos. Cuando estaban
reaccionando vieron a tres hombres en la cocina que
empezaron a disparar. Luis instintivamente empujó a Rita
detrás del mesón. Genaro se despertó, tomó su arma y
empezó a gritar y a disparar al aire mientras se dirigía a la
cocina, uno de los hombres se acercó a Luis y a
quemarropa le disparó varias veces.

⊠

Nace una Leyenda

Inicialmente todos creyeron que el atentado estaba
dirigido contra Genaro y se relacionaba con el
movimiento obrero. Los terratenientes no veían con
buenos ojos que el discurso obrero tomara fuerza entre los
corteros de caña. Al tiempo que Luis se recuperaba de las
heridas que le dejó el incidente, hicieron averiguaciones.
Sin embargo, Genaro pudo establecer que él no era el
blanco del ataque, era Luis. Esta información los dejó
confundidos. No conocían ningún enemigo de Luis y
tampoco podían imaginar por qué los tendría. El joven
vasco se la llevaba bien con todos en el muelle y había

sido honorable en sus asuntos. También verificaron con las autoridades y descubrieron que no tenían interés en un comerciante novato que estaba pagando las coimas en cada puerto.

María, cuando recibió el telegrama de Genaro informándole sobre el ataque a Luis, también hizo sus indagaciones. Uno de sus poderosos amigos la ayudó, le contó que detrás del atentado estaba Fernando Salcedo. María abordó la situación con calma, sabía el peligro que estaba enfrentando Luis. Decidió buscar a Amelia, sabía que ella estaba al corriente de su relación con Luis. Cuando se encontraron le contó lo que estaba pasando. Amelia la escuchó detenidamente, se notaba que María trataba de disimular lo afectada que se sentía por la situación.

—Debe irse, es lo único que lo protegerá —dijo María, y agradeció la atención de Amelia.

—Gracias por su interés en el bienestar de Luis —replicó Amelia.

Era una situación que se salía totalmente de las manos de Amelia, así que decidió buscar a Pilar para ponerla al tanto de la situación. Pilar, a su vez, le contó a Andoni que inmediatamente contactó a Bernardina para tenerla al tanto de lo ocurrido. Bernardina, después de conocer los eventos, permanecía en la iglesia rezando por la recuperación de su sobrino. Se sintió culpable, pensaba que su padre tenía razón, y que ese viaje se debió impedir. El abuelo de Luis, en cuanto se enteró, le escribió a Andoni pidiéndole que organizara el viaje de Luis a Euskadi cuando él estuviera en condiciones de salud para hacerlo.

Por su lado María le envió una carta a Salcedo diciéndole que moría de ganas por salir de viaje y que le encantaría que él fuera su acompañante. Salcedo organizó rápidamente el viaje y se fueron para Roma. María actuó impecablemente durante la estadía en Italia, Fernando Salcedo no notó su tristeza ni su miedo. Ella lo único que esperaba era tenerlo alejado de Cuba suficiente tiempo para que Luis pudiera ponerse a salvo. Por su parte, Fernando entendió el comportamiento de María como una forma de reconocer su error y dejó de percibir al joven español como una amenaza tan grande como para querer rematarlo, pero sí lo quería fuera de la Isla.

Andoni luego de recibir las instrucciones del abuelo de Luis, trató de organizar con Genaro los detalles del viaje de regreso del joven a España. Enfatizando en lo peligroso que era Salcedo por las malas. Genaro simplemente escuchó a Andoni, luego manifestó que era necesario esperar unas semanas más y aconsejó que retomaran el asunto más adelante. Andoni le pidió a Genaro que no le contara a Luis sobre esa conversación.

—El responsable del atentado fue un amigo de María. Es un hombre poderoso y temido. Tu abuelo está enterado, quiere que vuelvas a Euskadi —le dijo Genaro a Luis en cuanto Andoni salió.

—Él no puede tomar decisiones por mí —exclamó Luis muy molesto, más que por la intromisión del patriarca Legure, por escuchar quién era responsable del atentado.

Genaro entendió la molestia de Luis y lo dejó solo. Desde el atentado, para Luis era difícil lidiar con sus emociones, contrario a su temperamento tranquilo, ahora se irritaba con facilidad y pasaba de sentir ráfagas de furia a una desolación abrumadora, episodios que se acrecentaron al saber de la responsabilidad de Salcedo. Para colmo, María no había ido a verlo. Él podía entender que ella pensaba que así lo protegía, pero esa decisión de ella lo estaba enloqueciendo y lo llenaba de tristeza, necesitaba verla.

Tres semanas después del atentado la recuperación de Luis era lenta, la herida de la pierna parecía no sanarse. Una de las balas había quebrado la rótula, la cabeza del fémur y todos los ligamentos de su rodilla izquierda. Rita y Genaro le decían que tuviera paciencia y lo obligaban a cuidarse, aunque más que sus heridas físicas les preocupaba su estado emocional. No sabían que la situación del joven vasco estaba por empeorar. Cuatro semanas bastaron para que alguien se encargara de hacer que las autoridades, antes despreocupadas, se preocuparan por Luis y emitieran una orden de captura contra él por contrabando. Era la estocada final de Salcedo. Un amigo de Genaro los alertó de la situación, no había mucho tiempo para pensar:

—Debe irse de la Isla —le dijo un policía amigo. Genaro le explicó la situación a Luis.

—A cualquier lado menos a Euskadi —le pidió Luis a Genaro.

Genaro pensó en quién podría cuidar a Luis hasta que pudiera valerse por sí mismo. Recordó a una pareja vasca que había conocido en su tránsito por Cuba, antes de establecerse en Santa Marta, Colombia. Eran los Aburuzaga, una pareja mayor sin hijos, se habían hecho buenos amigos. Sin demora le envió un telegrama a la pareja, en cuanto recibió la respuesta afirmativa se embarcó con Luis rumbo a Colombia. Aunque a Genaro le preocupaba el estado de la pierna de Luis no podían esperar.

En el barco, Luis veía la isla alejarse y se preguntaba cuándo volvería, concluyó que en últimas el abuelo tenía razón, su destino en Cuba estaba atado a una mujer. Decidió no pensar más en el puerto que dejaba y centrar su energía en el puerto de llegada. Quería arribar a Colombia y recorrer cada una de las rutas de Suramérica a Centroamérica. Su identidad estaba cambiando, si ya tenía una orden de captura por contrabando entonces sería un muy buen contrabandista, se empezaba a reconocer como uno.

Rita le avisó a Andoni de la partida de Luis y su destino luego que Genaro y Luis salieran. Andoni le contó a Bernardina sobre la decisión de Luis de viajar a Colombia pero se debatía entre contarle o no de la orden de captura emitida en Cuba contra Luis. Finalmente, omitió esa información. La decisión de Luis de viajar a Colombia y no a Algorta fue perfectamente entendida por Bernardina, él ya no era un niño y no iba a dejar que el abuelo lo dominara. Por su parte, el abuelo interpretó este gesto como un mensaje de Luis con el que comunicaba que rompía definitivamente las relaciones con su familia.

—No te ves bien, muchacho —le dijo Genaro a Luis el tercer día de viaje.

—Aguanto doce días más en el mar Genaro, de pronto el dolor de la rodilla me acalla el dolor del corazón —le respondió.

Pero no era así, sentía que sus emociones eran incomprensibles, tenía un tumulto de sentimientos que le dejaban un nudo en la garganta, quería llorar, pero no podía, desde la muerte de su madre no lo hacía. Genaro solo lo miraba. Respetaba y quería a ese muchacho valiente, sentía mucho lo que estaba viviendo.

—Ya pasará la tormenta Luis, siempre pasa —le dijo. Luis asintió con la cabeza y sonrió.

—Muchas gracias amigo, esto nos está lanzando a un negocio más próspero —dijo Luis, tratando de ocultar su desengaño.

—Primero a recuperarse muchacho — contestó Genaro, quien entendía bien lo que era un corazón herido.

La salud de Luis empeoró cada día del viaje, pero le sirvió para reflexionar y entender que necesitaba darse un tiempo para sanar, no solo la pierna.

En Santa Marta llegaron a la casa de la familia Aburuzaga. A la adorable pareja pocas cosas en la vida los escandalizaba.

Los Aburuzaga recibieron a Genaro y Luis con gran cariño, tenían historias de vida con Genaro. Como era usual con Genaro, la conversación se alargó hasta la madrugada. El cubano debía partir al otro día, sin embargo, estaba tranquilo, sabía que Luis quedaba en buenas manos.

—Tómate tu tiempo Luis, no hay afán para retomar actividades —le dijo Genaro a su joven amigo. Ya habían acordado que el bote seguiría trabajando mientras Luis se recuperaba.

Cuando llegó el momento de despedirse, Luis abrazó a Genaro a pesar de que una de las balas le había dado en el pecho y aún le generaba algo de dolor.

—Voy a reponerme Genaro, cuida el barco porque va a tener que trabajar muy duro —dijo Luis y de pronto sintió que una lágrima bajaba por su mejilla.

—Dejemos de ser dramáticos, amigo —dijo Genaro, también con los ojos encharcados de lágrimas, y luego empezó a reír.

Regina y Juan Aburuzaga fueron respetuosos con Luis, esperaron a que él quisiera contar su historia, podían ver en sus ojos el dolor de quien hace poco se enteró de la capacidad de maldad de la humanidad en carne propia.

Los Aburuzaga, vascos como Luis, eran de Algorta y conocían a su abuelo, esa casualidad les dio mucho tema para hablar. Luis pudo enterarse de que la pareja no estaba bien financieramente y de que eran unos intelectuales muy respetados socialmente, desprendidos de lo material y con ninguna habilidad para los negocios.

La casa en la que vivía la pareja vasca era una casona grande, Luis notó que Regina solo tenía una persona ayudándola para atender la casona que necesitaba al menos una persona más para mantenerse bien. Comprendió que era por su situación económica. Entonces habló con Rubiela, la empleada, para que llevara una familiar que él pagaría. La pareja se sentía agradecida pero avergonzada, no querían que Luis pensara que lo ayudaban por el apoyo económico que podía brindar. A pesar de las quejas y negativas de la pareja Luis se las ingenió y encontró otras formas para ayudarlos económicamente de manera que fuera imposible para ellos rechazar. Tenía acordado con el tendedero que hiciera una entrega diaria de víveres a las trabajadoras de la casa. En el caso de que no la recibieran, la volverían a llevar hasta que lo hicieran.

Como hacía con su tía Bernardina en Algorta, Luis empezó a acompañar a Regina a misa todas las mañanas para entrenar la pierna, el dúo se divertía en el trayecto de ida y regreso hablando de lo humano y divino. También, para hacer el tiempo de la recuperación más corto Luis quiso aprender a cocinar, así podía pasar más tiempo con Regina con quien realmente se divertía. Ella y las mujeres que ayudaban en la casa, pacientemente algunas veces y con muchos regaños en otras ocasiones, lo dejaban estar en la cocina. Luis disfrutaba cocinando y siendo la víctima de toda clase chistes de las tres: «Si tu madre viviera estaría feliz, ya que sabes cocinar podría encontrarte marido más fácil, solterona», le decía Regina. Era una terapia maravillosa, la mente de Luis se liberaba mientras iba puliendo su plan de vida y recuperando su cuerpo.

Las tardes las pasaba con la pareja en la sala leyendo, tenían una enorme biblioteca llena de clásicos que le hacían recordar la casa del abuelo.

La pareja era frecuentemente invitada a cenas en las que introducían a Luis, los invitados en su mayoría eran de raíces vascas y reconocían la familia del joven. Regina no desaprovechaba la oportunidad de presentarle a Luis las jovencitas en edad de casarse, él solo miraba a Regina con reproche y se portaba como todo un caballero con la señorita de turno. Rápidamente varias jóvenes querían que Luis las cortejara, auspiciadas por sus familias que conocían la respetabilidad de la familia de Luis. «Si tan solo supieran», le decía Juan a Luis en tono de burla y luego ambos, cómplices, reían.

Luis en parte sintiéndose mejor y en parte fingiendo ser la persona carismática y conversadora que era antes del atentado, rápidamente quedó muy bien conectado. Curiosamente nadie le preguntaba por la cojera de su pierna, lo cual hubiera sido incómodo. Entonces, en las noches, para conciliar el sueño creaba diferentes historias para su cojera. Vislumbraba la reacción de la gente al escucharlas, le daba risa con solo imaginarlo. Ver que recuperaba su sentido del humor le hacía pensar que estaba empezando a sanar su corazón.

—Nadie pregunta por mi pierna —le comentó una noche a Regina y Juan después de una de las cenas.

—Deben pensar que es de nacimiento y no quieren incomodar —dijo Regina.

—¿Qué te pasó Luis?, ¿el problema en tu pierna tiene que ver con el motivo por el que llegaste a Colombia? —preguntó Juan.

Luis sintió que los Aburuzaga podían escuchar la historia como había sucedido.

—Mi abuelo y mi papá esperaban que estudiara derecho, pero yo no sentía que podía dedicarme a litigar o la política, quería viajar. Tomando esta decisión conocí a una mujer. Ella es cubana, entonces decidí empezar mi viaje por Cuba. Allí descubrí que soy un buen negociante, me empezó a ir muy bien comerciando productos que salían y entraban a Cuba, algunos de Colombia. Con la herencia de mi madre compré un barco en el que empecé a hacer viajes a Panamá con

Genaro. Las mercancías que adquiríamos esporádicamente se declaraban, pero la mayoría de las veces no, así que había un gran margen de ganancias. Nos ahorrábamos parte del costo de la tripulación porque yo capitaneaba y viajaba con Genaro y así teníamos más control de los productos. Todo iba muy bien —Luis guardó silencio y su mirada dejó de estar en el lugar que compartía con Regina y Juan. Paró de hablar de sus actividades comerciales y empezó a hablar de María—. La mujer cubana, la que motivo mi primer destino, tiene una vida diferente, particular, tiene unos amigos poderosos que le han dado regalos muy costosos. Uno de ellos no estaba dispuesto a dejar de recibir de ella algo a cambio por su inversión. Creo que lo que estaba pasando era que ella se estaba enamorando de mí, creo que yo también de ella, y ella ya no quería retribuir nada a quienes le dieron sus costosos presentes. Era simple y complicado a la vez, nunca le hablé de matrimonio, no conozco su pasado ni su familia, sencillamente fue pasando. No lo pensé mucho, solo trabajaba y me alegraba encontrarme con ella y disfrutar su compañía. Tenía que ver algo con el ego, me encantaba cuando llegábamos a algún lugar público y todos la miraban y admiraban su belleza, y luego me miraban a mí y veían a un jovencito que parecía recién bajado de un barco, como generalmente era, despeinado y desaliñado, y no entendían que hacía ella conmigo —Luis paró y suspiró—. Uno de sus poderosos amigos me hizo un atentado, una de las balas llegó a mi rodilla, ese episodio tan breve me dejó lleno de rabia y de impotencia. Además, el hombre hizo emitir una orden de arresto en mi contra por contrabando. Para cerrar esta historia ella no fue a verme después del atentado, creo que me quería proteger, pero también creo que no quiere perder lo que ha ganado, sus casas y sus carros. No sé, tal vez los dos en el fondo sabemos que, a largo plazo, el otro no tiene lo que necesita para continuar la relación. Me duele —finalizó Luis con una exhalación profunda.

Regina y Juan escucharon atentamente, tratando de entender tanta información brindada. Luego Regina interrumpió el silencio:

—Bueno, ya no me siento tan culpable por tus regalos, no estás gastando la herencia en este par de viejos, es solo plata mal habida. Para variar, me gusta tener un buen negociante bajo este techo, esa es una habilidad de la que mi amado e intelectual Juan carece —cuando Regina terminó de hablar todos rieron.

A los dos meses de haber llegado a Santa Marta, Luis empezó a visitar el muelle y hablar con los marinos para ir empapándose de los detalles de su oficio en ese nuevo lugar.

—Joven Luis, lo busca el señor Genaro —le dijo Rubiela en la mañana. Luis salió a recibirlo emocionado. Se abrazaron con gran cariño.

—Esto está pasando muy seguido entre nosotros —dijo Genaro simulando estar molesto por el abrazo. Se rieron y se volvieron a abrazar—. Te ves mejor amigo, te ves bien.

—Estoy bien, me siento bien —le contestó Luis.

Luis le contó sobre los contactos que había hecho en el muelle y los nuevos conocimientos sobre las rutas. Genaro le dijo que John le enviaba saludos y un oro equivalente al porcentaje de las últimas exportaciones que habían realizado juntos. Querían reorganizarse y pensaban ser más ambiciosos y ver qué pasaba en el Pacífico, hasta el momento solo recibían mercancías en puertos del Atlántico. Luis sería el contacto entre el Pacífico y Atlántico, Genaro en el Caribe y John con el norte. Genaro no mencionó a María ni la situación con Salcedo. Tampoco lo hizo Luis.

¿Cómo empezarían? Entrarían telas y perfumes a Colombia y Panamá, sacarían madera de Colombia para Cuba, y luego a Europa y Estados Unidos, y licor de Cuba para Estados Unidos. Subestimaron la variedad y cantidad de productos que podían comerciar. Estudiaron las rutas, hicieron listas de los colaboradores que ya tenían y de los sitios que necesitaban fortalecer. Luis estaba emocionado. Regina los interrumpió:

—Juan y yo vamos para la iglesia, nos encontramos aquí para cenar.

Los dos asintieron y dieron las gracias.

En la comida todos conversaron animadamente. Cuando terminaron de cenar Genaro y Juan se fueron al jardín a seguir la conversación al calor de unos rones. Regina apartó a Luis.

—¿Preguntaste por María?—. Quiso saber Regina. Luis le dijo que no y que no le interesaba saber nada al respecto, pero por dentro lo quemaban las ganas de saber algo de ella.

Luis empezó a viajar a Turbo, Bocas de Atrato y Capurganá para familiarizarse con los puertos de salida por el Atlántico, luego iniciaría las rutas del Pacífico. En Capurganá conoció a un cacique kuna, un hombre de baja estatura y torso fuerte, estaba vestido como todos los hombres de la región. Luego de una larga conversación en la cual el líder kuna pudo darse una idea del tipo de persona que era el joven español, lo invitó a su territorio. El hombre estaba interesado en hacer negocios con Luis, le parecía honorable. Le contó que por el paso de Arquia que conectaba los territorios de su comunidad desde Paya en Panamá hasta Unguía en territorio chocoano en Colombia, y que era posible que su gente, por un precio justo, trasportara las mercancías. Le explicó que no se podía todo el año y que se debía respetar el calendario de las ceremonias. Luis aceptó. Cuando salieron del pueblo, el cacique se cambió de ropa y se puso su vestuario tradicional.

—Este soy yo, el otro es para camuflarme entre los demás —le dijo el cacique a Luis mientras se vestía.

Cuando llegaron a la comunidad, Luis quedó maravillado con la sincronía de sus actividades, todo tenía un ritmo. Ver a las mujeres y a los niños parecía una danza tranquila y alegre. Vivían al lado del río y todas sus actividades giraban en torno a él. Las mujeres tejían y sus indumentarias estaban llenas de colores.

El cacique le dijo a Luis que debía realizarse una ceremonia de armonización cada vez que entrara a sus territorios y Luis estuvo de acuerdo. El cacique hizo llamar al chamán, prepararon a Luis, le dieron de beber una serie de hierbas medicinales e iniciaron un ritual con cánticos. Luego del ritual Luis cayó profundamente dormido y cuando se despertó notó que el dolor que lo acompañaba permanentemente en su rodilla herida había desaparecido. El chamán le dio a Luis unas plantas:

—Son preventivas, te protegen —le dijo.

Durante la semana de estadía de Luis con los kuna, él y el chamán se volvieron cercanos. El chamán le contó a Luis que las relaciones de la comunidad con el

gobierno panameño y con la policía de Colombia y de
Panamá no eran buenas. Le manifestó su preocupación
por los forajidos que pasaban por sus territorios y de la
necesidad de protección de los contrabandistas malos.

—¿Cómo diferencian los malos de los buenos? —
preguntó Luis.

—Los malos quieren arrasar con todo, no les
interesa la tierra, no respetan los territorios sagrados y
mucho menos a nosotros —le contestó el chamán.

El cacique quería que Luis estuviera unos días en
la comunidad para que conociera a su gente. Luis hizo
caso y se quedó varios días compartiendo las actividades
con la gente del caserío. Luego, un día escogido por el
chamán, el cacique buscó a Luis para que hablaran de su
trato.

Luis estaba sentado con un grupo de mujeres que
solo se burlaban de su falta de habilidad mientras
trataban de enseñarle lo más básico del tejido. Cuando el
cacique le hizo señas, Luis se incorporó. Se reunieron en
el tambo del chamán. Una vez se sentaron el cacique
manifestó que no solo estaba interesado en los ingresos
del contrabando, quería invertir ese dinero en armas,
sabía que estaba por iniciar una guerra.

Luis volvió a Santa Marta comprometido a
proveer a los kunas de armas. Pero no haberlo consultado
con John y Genaro lo tenía preocupado.

Además de regresar con el pacto comercial y la
experiencia ganada, Luis había llegado con una bolsita de
cuero llena de plantas. Cada mañana sacaba una pequeña
cantidad y preparaba una infusión soportando todas las
burlas de Regina.

—Muy cínica para ser tan católica —le contestó Luis.

—Muy creyente del chamanismo para ser tan bandido —le replicó Regina.

Las plantas le deban protección, de acuerdo con lo que le había dicho el chamán. Luis inherentemente incrédulo lo creía, el dolor de la pierna no había vuelto.

Luis le contó a sus socios del trato hecho con los kunas. Ellos, lejos de molestarse, vieron una oportunidad para su negocio, especialmente John que sabía dónde conseguir armas de segunda, relegadas luego de la finalización de la Primera Guerra Mundial. John puso a Luis en contacto con el proveedor en Panamá. Era un francés, un militar retirado amigo suyo.

Adicional a las armas de los kunas, John pensó que sería bueno tener unas para su gente. Para el joven vasco todo era como un juego.

Luis no sabía nada de armas, confiaba ciegamente en la palabra del exmilitar que personalmente supervisó el cargue de un contenedor en el que también iban varias ametralladoras que el francés se comprometió a instalar en las lanchas donde transportaban la mercancía, algo que a Luis le parecía exagerado. Una parte de las armas se repartió entre la guardia indígena que participaba del contrabando. En el territorio fue evidente que no todos los caciques estaban de acuerdo y había conflictos internos por la participación de algunas comunidades en la actividad. Otra parte del cargamento quedó escondida para repartirla en los nuevos colaboradores del Pacífico.◼

Un día llegó a la casa de los Aburuzaga un joven antioqueño llamado Manuel Anduaga, tenía la misma edad de Luis y era hijo de una familia amiga. Manuel pasaba su tiempo entre Bogotá, Medellín y una finca que tenían sus tíos en Fredonia. Estaba en Santa Marta para negociar la importación de máquinas de coser.

—Es una marca muy popular en Antioquia, las mujeres las utilizan para hacer ropa y cosas para su hogar, se van a vender como pan caliente —le decía Manuel a Luis mientras caminaban por las playas del Rodadero.

Teniendo en cuenta la experiencia de Luis como comerciante, Manuel le pidió el favor que lo acompañara a la reunión con el intermediario. Manuel estaba emocionado, pero Luis, más conocedor, pensó que estaban poniendo un sobre costo a la mercancía.

—Manuel, si él las importa y te las vende, tu margen de ganancia se reduce y el precio al comprador aumenta —le dijo Luis luego de la reunión.

—Pero es que no conozco a nadie más —contestó Manuel.

—Déjame hablo con un amigo que se encarga del negocio con el norte —replicó Luis.

Luis estaba pensando en John. Cuando habló con él, John le contestó a Luis con una propuesta que implicaba la exportación directa del contenedor desde Nueva York: el precio por unidad era menor, pero era necesario comprar al menos un contenedor completo. A Manuel le interesó el nuevo precio, pero el dinero que tenía no le alcanzaba para importar todo un contenedor. Luis le propuso que lo importaran juntos, de todos modos, parte de su plan más adelante era ampliar sus actividades a Medellín y Bogotá. Manuel estaba feliz, había ido por un trato y había encontrado un socio. Invitó a Luis a su finca en Fredonia para agradecerle.

—Te va a encantar, es totalmente diferente a la costa —dijo Manuel.

—Gracias, pero será para otro momento, ahora debo estar pendiente de las nuevas rutas —contestó Luis.

Con el ánimo de celebrar, fueron al Tayrona a pasar el día. Para Luis, ver romper las olas contra las rocas gigantes era relajante, el mar era parte de él. Pero para Manuel, criado en las montañas, rodeado de cultivos de café y vacas, era aterrador. Luis no podía evitar reírse cada vez que lo miraba totalmente aterrorizado y rígido.

—¿Estás disfrutando esta playa? —le preguntó Luis.

—Sí, muy bonita —respondió Manuel.

—¿Nos metemos al mar? —dijo Luis, para seguir divirtiéndose a costa de su amigo.

El rostro de Manuel palideció, como buen paisa no quería quedarse atrás y decir no a la experiencia.

—Claro vamos —contestó Manuel, como quien firma una sentencia de muerte.

Luis no pudo más y empezó a reírse sin parar. Manuel comprendió que nadie entraba en esa parte del mar. Sintió tal tranquilidad que dejó pasar la broma de su amigo.

Cuando volvieron a casa de los Aburuzaga, Manuel y Luis se despidieron: Manuel viajaba a Antioquia a vender las máquinas de coser y Luis partía a Panamá.

Cuando Luis llegó a Panamá se enteró de que la situación en la costa panameña controlada por los kuna estaba tensa, aumentaban los problemas entre la comunidad y la policía. Además, los caciques estaban divididos internamente entre colaborar o no con la minería, el contrabando y la explotación maderera, algunos eran conscientes que desde mineros hasta contrabandistas eran un peligro potencial para ellos y el territorio. Uno de los chamanes trató de advertir a la comunidad lo que vio en un ritual que realizó junto al lago Bayano. Tuvo una visión en la que la codicia se convertía en llamas que consumían el bosque y las aguas de los ríos, las comunidades desaparecían y sus espíritus quedaban deambulando huérfanos de territorio. A pesar de las diferencias internas entre los kunas, prevalecía el mantenerse unidos por lo que consideraban trascendental: su territorio. En febrero de 1925 se desató la revolución entre el pueblo kuna y el gobierno panameño, tal como la había predicho el amigo cacique de Luis. Y el cuatro de marzo del mismo año, los kuna firmaron un acuerdo con Panamá en el que el gobierno se comprometía a respetar más sus costumbres y los kuna a dejar las armas y cumplir las leyes de Panamá, pero esto no evitó que el sueño que tuvo el chamán a orillas del lago Bayano se hiciera realidad. El acuerdo tampoco redujo los encuentros violentos entre la comunidad y la policía. Adicionalmente la Compañía de Jesús, apoyada por el gobierno, seguía su cruzada de evangelización en el territorio, lo que era mal visto por los mayores de la comunidad que consideraban que esa intromisión en su cultura era un riesgo.

Luis se extendió en una carta a su primo contando la revolución de los kuna, omitiendo la importación de armas y su relación con el contrabando. Luis juzgaba duramente el intervencionismo del Estado panameño y de la Iglesia Católica en la cultura y el territorio kuna. Todas sus reflexiones lo llevaban a la necesidad de apoyar la libre determinación de las culturas. Su discurso se había nutrido por lecturas de la biblioteca de Juan, anteriores a la Primera Guerra Mundial.

La revolución kuna y el compromiso de Genaro con movimiento obrero que financiaba con lo que ganaba del contrabando, fortalecieron en Luis la semilla política que había dejado su familia. Se consideraba un hombre libre que se regía por sus propias reglas y que indirectamente estaba apoyando causas nobles. Para él no se trataba del dinero, era la aventura y la posibilidad de conocer otras realidades. La doble vida que llevaba la percibía como una forma de vivir más intensamente.

A mediados del año Luis viajó con Manuel a Medellín. Era dos respetables comerciantes de máquinas de coser. Mientras Manuel vendía las máquinas, Luis organizaba la entrada de otros productos como sedas y cigarrillos. Luis, estudioso de la geografía y viajero incansable, había usado unas rutas diferentes que acortaban el tiempo de llegada y, al ser nuevas, eran más efectivas para evadir a las autoridades.

Luego de una semana en Medellín, durante una comida, Manuel le preguntó a Luis:

—¿No estás aquí solo por las máquinas de coser, cierto?

Luis lo miró, y aunque hubiera querido mentir, su naturaleza franca se lo impidió.

—No Manuel, tengo otros negocios —contestó.

—Puedes confiar en mí —le dijo Manuel.

Luis se sintió incomodó, toda la importación de las máquinas se había hecho de forma legal, él había aportado en el negocio porque Manuel le parecía un hombre decente con ganas de hacer las cosas bien y salir adelante. No quería entrar en detalles con Manuel, no quería que se sintiera usado como una fachada de transparencia para sus otras actividades, no se trataba de eso. Luis guardó silencio, estaba tratando de organizar sus ideas, decirlo de la mejor forma, por otro lado, era posible que Manuel ya lo supiera por rumores y quisiera confirmarlo.

—Sí Manuel, recibí otras mercancías, pero entraron de forma diferente a las máquinas de coser —dijo Luis.

—Sin pagar impuestos —puntualizó Manuel.

—Pero pagando sobornos a guardas de aduanas y policías —repuntó Luis.

— Bueno, que no se diga que los funcionarios del gobierno no están ganando plata con esas mercancías —dijo Manuel y ambos rieron—. ¿Cómo traes las mercancías?

La noche se les fue conversando sobre John, Genaro, los kuna y las relaciones de Luis con las comunidades en la orilla del río Atrato.

—Estoy empezando a relacionarme con los arrieros paisas, quiero conocer sus rutas hacía acá —dijo Luis refiriéndose a Medellín. También le contó que pensaba expandirse de Juradó a Nuquí y llegar hasta Buenaventura—. Ya llegué hasta Medellín, ahora quiero llegar a Bogotá y Cali.

Después de esa conversación, Manuel no volvió a preguntar sobre el asunto. Por un lado, admiraba la sangre fría de su amigo, sin embargo, lamentaba que un hombre tan inteligente y educado hubiera elegido ese camino.

En Juradó, el primer puerto del Pacífico al que llegaban las mercancías que pasaban del Atlántico, Luis entabló amistad con los carmelitas, la mayoría vascos como él, y en especial con uno llamado Xavier, responsable de la misión. Con él inició largas discusiones con relación a si el contrabando lo convertía a él en un forajido o si el problema estaba en el sistema que permitía el contrabando. El padre Xavier terminaba por encomendarlo a Dios luego de quedarse sin argumentos. Un día el padre Xavier tenía una propuesta para Luis:

—Podríamos usar tus conocimientos de Europa y de geografía.

—¿Para qué padre?, ¿quiere comerciar algún producto? —preguntó Luis, tratando de molestar a su amigo.

—No muchacho, para que enseñes en la escuela, a los niños —dijo él. Luis se quedó mirándolo fijamente, tratando de descubrir si el padre hablaba en serio. El padre Xavier, un hombre bonachón de cara redonda y barba hirsuta, le devolvió una mirada de expectativa—. ¿Entonces? —insistió el padre.

A Luis le gustó la idea.

—Acepto, muchas gracias padre, ¿cuándo empiezo?, ¿mañana? —dijo entusiasmado.

Al día siguiente, Luis llegó a una casita de madera. En el suelo de tierra estaban sentados diez niños de diferentes edades. Luis sintió la energía de ellos y se emocionó. Fue difícil mantenerlos quietos y callados. Los niños empezaron a hacerle preguntas: por qué hablaba diferente, si era sacerdote, qué hacía en Juradó, si tenía hijos. Luis usaba cada respuesta para dar la información prometida al padre. Estuvo solo una hora con ellos, pero quedó tan cansado como si hubiera viajado en lancha por el Atrato el día entero.

Se convirtió en parte de su rutina pasar un tiempo con los niños en la escuela cuando estaba en Juradó, su habilidad para contar historias e ir integrándolas al juego lo volvió muy popular entre los niños. El padre Xavier estaba feliz con el apoyo de Luis, no solamente les enseñaba algo, también estaba ayudando a los carmelitas para que pudieran alimentar a los niños y hacía donaciones de telas para que los padres las repartieran a las familias. Acciones como no aprovecharse de las comunidades y pagar precios justos, muy por encima de lo reconocido por otros contrabandistas, le valieron a Luis la fama de benefactor de la zona. Muchos querían trabajar con él porque pagaba bien y por su personalidad amable y jovial.

Para Luis la zona del Atrato era muy importante. Por ella se pasaba del Pacífico, atravesando la cordillera, hasta Medellín. Gran parte de la ribera del río que dio nombre a la región pertenecía al territorio de la comunidad indígena emberas dódiba o gente del agua. Luis había prometido respetar el territorio y estaba fortaleciendo la relación con los emberas. Con el paso de los días el número de hombres de la comunidad que colaboraban con su red fue aumentando, ellos ayudaban a trasportar la mercancía por el río y a cargar las mulas que cruzaban la cordillera. Y como el chamán kuna, el jaibaná embera le hacía a Luis una limpieza cada vez que entraba al territorio.

—Hoy el ritual es diferente Luis, voy a realizar un rito de protección para que usted esté a salvo —le dijo un día el jaibaná. Le hizo saber que podía estar en riesgo, él lo había visto en uno de sus sueños. Luis pensó en las rutas nuevas que le estaban dando ventajas en tiempos, seguramente alguien quería usarlas. Aunque el joven vasco quedó tranquilo luego del ritual de protección, el Jaibaná estaba preocupado.

—Esto no es suficiente, debes alejarte de la gente peligrosa —le dijo a Luis cuando lo despedía.

Luis le agradeció y en el camino trató de identificar personas peligrosas a su alrededor, pero concluyó que no había, tal vez el jaibaná se había equivocado. El jaibaná se quedó intranquilo, conocía a Luis y sabía que él se sentía en paz porque era justo con la gente del lugar, pero eso no lo iba proteger, necesitaba ser desconfiado.

Periódicamente Luis volvía a Santa Marta y dedicaba tiempo a los Aburuzaga.

Mientras estaba en la ciudad iba a las tiendas de telas, seguía disfrutando hablar con los dueños de los almacenes. También aprovechaba para escribir, continuaba con el intercambio de cartas con Bernardina, con su primo José y con Amelia. Trataba de mantener un compromiso personal de escribir cada tres meses. Eran tres cartas muy distintas. Mientras a su tía le escribía para tranquilizarla, diciendo lo que una madre hubiera querido escuchar, con José compartía sus impresiones respecto a la inequidad y las diferentes caras del nacionalismo.

Ese año Amelia estaba en París completando sus estudios de arte y, por casualidades de la vida, había llegado a La Académie de la Grand Chaumière donde Alejandro, el artista argentino que Luis había conocido en el viaje con su padre, se había quedado para dar clases. Este hecho les dio de qué hablar y también compartir sus experiencias con culturas diferentes.

Cuando volvía a Juradó o se encontraba con los emberas, o los kunas, Luis se sentía satisfecho, veía un cambio en las personas que trabajaban con él. Era una zona olvidada por el gobierno y donde explotadores de madera, de minerales y contrabandistas solo estaban interesados en sacar sus productos y tener el mayor margen de ganancia. Para Luis era diferente, necesitaba sentir un grado de armonía a su alrededor, ver coherencia entre lo que veía y los pensamientos que exponía en sus conversaciones con el chamán kuna y el jaibaná embera dódiba.

Una tarde, en Juradó, Luis fue abordado por un señor de Quibdó:

—Buenas tardes don Luis, soy Miguel, me envía don Zafir Meluk, él quiere hablar con usted en Quibdó, si es posible para usted —le dijo el señor.

Luis lo saludó y le preguntó cuál era el asunto, Miguel le dijo que si quería hablaban y él le explicaba. Esa noche Luis se quedó conversando con Miguel. El enviado de Meluk le contó a Luis que su jefe quería proponerle un negocio de minería. Paradójicamente, a pesar de trabajar para Meluk que tenía derechos sobre más de cien minas, Miguel le contó que estaba en contra de la extracción minera realizada por extranjeros. Luego de horas de conversación sobre las tierras aledañas al Pacífico, Miguel le dijo:

—Mire Luis, mi bisabuelo paterno pagó la libertad de su familia con su trabajo de minería, esa labor la aprendieron nuestros ancestros por necesidad, y se quedó con nosotros. Somos respetuosos con los ríos, es nuestro territorio y lo cuidamos. Pero llegan estos extranjeros, perdone usted, y les titulan para que tengan unos derechos de explotación, se llevan todo y dejan el cascarón vacío. No es justo, es nuestra tierra, nos la ganamos con trabajo y dolor —dijo Miguel exaltado.

Luis escuchó a Miguel, estaba de acuerdo con él, pero tal vez Miguel había tomado mucho *viche*. Hablar así de su jefe lo podía poner en problemas.

Luis viajó a Quibdó a reunirse con el señor Meluk, un libanés fuerte y explosivo que cuidaba sus negocios tanto como a su esposa.

—Me alegra verlo aquí —le dijo Meluk a Luis con un fuerte acento.

Fue directo y claro, no quería disputas entre contrabandistas cerca de sus minas, pensaba que aliarse con uno le aseguraría mayor protección en sus zonas. Le contó que estaba importando unas máquinas estadunidenses que ayudaban en la explotación del oro y del platino.

—Usted la trae y se queda con un porcentaje de la máquina y de las extracciones que se hagan. Y su gente ayuda a mi gente a mantener la zona segura —le propuso Meluk.

Luis escuchó atentamente, era un trato justo, pero no entendía por qué él sería encargado de mantener el orden, realmente no había tenido que enfrentar a nadie hasta el momento, toda su estructura estaba basada en buenas relaciones y pagos justos. Así se lo hizo saber a Meluk. El empresario lo miró asombrado, no podía creer que un contrabandista hablara de su actividad como si fuera dueño de una fábrica que actuaba bajo la ley. Por un momento dudó, no sabía si entrar en detalles con relación a lo que significaba ser un bandido y las ventajas que tenía ser socio de una empresa minera legal. Después de un rato entendió que tenía sentado al frente a un muchacho que no había sopesado las consecuencias de lo que hacía y que se creía inmortal.

—Tú ya no eres un niño Luis, ya sabes cómo funciona el mundo y es más complejo que lo que acabas de describir: hay envidias, ambiciones sin límite y maldad. Cuando decides estar en una actividad que impone su propia ley y que produce mucho dinero, las alianzas son una protección frente a la codicia de los otros, de esos a los que no les basta lo propio y quieren también lo ajeno —dijo Meluk sintiendo el deber moral de ubicar al joven contrabandista.

—Muchas gracias Meluk, deme tiempo habló con mis socios, seguramente encontraremos una forma de cuidarnos mutuamente —le respondió Luis.

Luis relacionó a Meluk con John, él podía llevar la maquinaria desde California a un mejor precio del que ya había conseguido Meluk, lo hizo como una forma de disculparse por la negativa a ser su socio. Miguel no se equivocaba, la minería estaba cambiando y encontrar oro con los métodos tradicionales se hacía cada vez más difícil, eso estaba poniendo nerviosa a las comunidades de la zona que veían a los extranjeros con títulos mineros como una amenaza. Seguía la lógica extractiva en el territorio del Pacífico, pero los intereses eran cada vez más agresivos y representados en caras nuevas.

Meluk tampoco se equivocaba, las combinaciones de rutas de Luis no habían pasado desapercibidas para otros que también contrabandeaban en la zona y eran reyes del lugar antes de la llegada de Luis. Querían usar sus rutas porque eran más efectivas. Pero era difícil hacer que la gente de Luis lo traicionara, eran bien pagados y le tenían apreció. Además, era inconveniente atacar a alguien cubierto por un halo de benefactor. Pero la codicia y la traición siempre tienen sus formas de llegar.

Deyanira

Luis se expandió y se consolidó como el rey del contrabando, bajando del noble título a varios adversarios. Pero no solo sus negocios ilícitos iban bien. El apoyo que le brindó a Manuel en el primer contenedor de máquinas impulsó a joven paisa que ahora tenía representación también en la capital. Cuando Manuel estaba suficientemente capitalizado Luis lo dejó seguir solo, no quería que sus otros negocios afectaran a su amigo. Manuel se sentía muy agradecido, y luego de insistir muchas veces logró que Luis aceptara ir a Fredonia a la finca de sus tíos, a pasar unos días. Realmente Luis no había ido por falta de tiempo, se la pasaba entre Ciudad de Panamá, el territorio kuna y los puntos de entrada en Colombia supervisando las mercancías. Además, su compromiso con los carmelitas siempre terminaba por retenerlo más de la cuenta. Cuando tenía tiempo libre aprovechaba para ir a Santa Marta a visitar a los Aburuzaga, veía que a la pareja los años cada mes se les notaban más.

A Luis le fascinaban los contrastes del paisaje colombiano, el camino a Fredonia eran tierras montañosas llenas de cafetales, no había indígenas ni comunidades negras, solo campesino blancos, con carriel y a caballo, todo lo opuesto a los parajes que frecuentaba.

Atravesaron un pueblo donde pareció que Manuel había saludado a cada uno de sus habitantes y luego siguieron por un camino estrecho rodeado de helechos, quebraditas y plantas con pequeñas flores rojas para luego encontrar un portón. Manuel, sin llamar, lo abrió. Al fondo de un camino amplio, cercada por una quebrada, se veía una casa de dos plantas con amplios corredores en ambos pisos y barandas pintadas en verde y rojo. Rodearon la casa para encontrar el frente de una casona en forma de herradura. En ese momento salieron dos perros que los delataron, aullaban de alegría y saltaban sin parar, tanto en Manuel como en el visitante. No parecían percatarse de que era un extraño.

Acto seguido, salieron tres mujeres del lado izquierdo de la primera planta donde se veía que quedaba la cocina, una parecía la madre y las otras dos sus hijas. Luis quiso ser respetuoso, pero se quedó mirando a una de las jóvenes, cautivado.

Las dos hermanas eran preciosas, pero de bellezas diferentes. Inés, la menor, era de facciones perfectas, baja de estatura, con la piel color rosa porcelana y daba la sensación de ser frágil. La mayor, Deyanira, era alta, con expresivos y exóticos ojos color amarillo, piel ligeramente bronceada, parecía fuerte como una amazona.

Deyanira notó la mirada de Luis y, en uno de esos casos en los cuales las apariencias no engañan, le devolvió una mirada que parecía un desafío de Pentesilea en la *Guerra de Troya*. Luis quedó hipnotizado. En este duelo de miradas le presentaron a Inés, a su madre Josefina y por supuesto a Deyanira.

—Sigan, adentro está Pedro Nel. El viejo debe estar por llegar —les dijo Josefina. Pedro Nel era el menor y el único hijo varón. El viejo era don Virgilio, su esposo, quien religiosamente, de lunes a sábado, a las cuatro de la tarde, salía a dar una vuelta a caballo. Ese día Deyanira no lo había acompañado como era costumbre porque estaba ayudando en la cocina a su madre con una nueva receta de un pastel.

Manuel y Luis siguieron a la cocina. Era un espacio generoso y rectangular con una mesa amplia de madera gruesa que parecía llevar generaciones en la familia. Sentado en la mesa estaba Pedro Nel, quien los saludó cálidamente. Era un joven de mirada inteligente y cálida, cuyo cabello largo y camisa desaliñada contrastaban con el orden del lugar y el sencillo pero esmerado arreglo de los demás miembros de la familia.

Desde el momento de la llegada todos trataron a Luis como uno más, sin embargo, Deyanira dejaba al locuaz y desenvuelto Luis sin saber exactamente qué decir. Tomaron chocolate y comieron arepa con queso a la espera de don Virgilio.

Josefina notó con beneplácito el intercambio de miradas de su hija y el joven español.

Una de sus preocupaciones era el estado civil de sus hijas. La última conversación al respecto la sostuvo con su esposo la tarde anterior.

—¿Y esta muchacha no piensa casarse?, decile algo—. Le imploró Josefina a Virgilio—. Imaginate, ahora Inés dice lo mismo, ¿qué vas a hacer vos con tus tres hijos solterones? ¿Virgilio? ¡Poneme cuidado! Claro, como vos te casaste cuarentón, creés que así está bien.

Virgilio alternaba su mirada entre el horizonte y su esposa. Estaban tomados de la mano, sentados en un par de mecedoras en el corredor del segundo piso de la casa, desde donde se veía un conjunto maravilloso de montañas llenas de pequeños cuadros cultivados de café, cuidadosamente delineados.

—Yo era feliz soltero, vos que te morías si no te casabas conmigo. —Fue toda la respuesta de Virgilio. Josefina movió la cabeza de un lado al otro e hizo cara de resignación, así era él, no iba confrontar a sus hijas, y mucho menos a Deyanira. Ese mismo día, durante la comida, Josefina que no se daba por vencida, puso el tema.

—Deyanira, ¿cuándo volvés a Medellín? —le preguntó.

—El próximo mes mamá, quedé con las primas de hacer unas visitas —contestó Deyanira.

—Tus primas son felices con vos allá y se acostumbraron a tenerte con ellas, deberías ir a visitarlas más seguido —dijo Josefina.

—No, mamá. Hablé con la tía Leonor para dar unas clases en la escuela, por eso no puedo ir cada semana. Repuntó Deyanira.

—Claro, vas a ser maestra y solterona como la tía Leonor —intervino Virgilio burlonamente solo para avivar el carbón. Pero no se atrevió a mirar a su esposa, se imaginaba la mirada de odio que le estaría lanzando. Y de pronto sintió un pisotón por debajo de la mesa que casi lo hace ahogar con un pedazo de chicharrón.

—Tengo que ir a Bogotá a visitar a tu tía y necesito que me acompañés, antes del viaje a Medellín. —Finalizó Josefina en tono de orden.

Deyanira hacía amigos fácilmente y era una gran relacionista, disfrutaba visitando a la familia, tanto en Medellín como en Bogotá, pero le molestaba la presión de su madre para que permaneciera en la ciudad. Todo su interés era que algún buen partido tuviera el tiempo suficiente para empezar a cortejarla. Inés no se atrevía a opinar, era inteligente como su hermana, pero más tímida y cautelosa en su proceder, sentía pavor cuando el tema del matrimonio salía a relucir. Si bien la mayor presión recaía sobre su hermana mayor, luego la atención se dirigía a ella y finalmente, a su papá. Para el momento en que el tema se abordó, Pedro Nel se había disculpado y se había retirado de la mesa.

—Inés, ¿y vos? ¿Vas a seguir los pasos de tu hermana?, ¿creés que lo que hace ella es muy bonito? Vea pues, no voy a tener ni un nieto. —Inés guardó silencio y, como lo había previsto, el ataqué siguió con su padre.

—Ves Virgilio Anduaga. —Si Josefina lo llamaba por su nombre y apellido la discusión sería fuerte: —Vos les *acolitás* todo y no te importa que se queden aquí para vestir santos. —Virgilio puso cara grave y cuando miró a sus hijas les guiñó el ojo. Ellas mantuvieron su cara seria, si su madre notaba que estaban conspirando en su contra la cosa se pondría peor. La comida terminó y la conversación no tuvo ningún avance.

La decisión de Deyanira y de Inés de no hablar de matrimonio estaba relacionada con su hermano. Pedro Nel había sido un niño muy similar a todos los demás hasta los catorce años, cuando empezó a tener unos episodios de alucinaciones precedidos por días en que se aislaba de todos y se deprimía. Inicialmente sucedía eventualmente pero luego los episodios empezaron a presentarse más seguido, si alguien intentaba sacarlo de su aislamiento se ponía agresivo. Luego lo diagnosticaron con esquizofrenia. No siguió sus estudios a pesar de ser brillante, entonces dedicaba su día a leer y nunca salía de la casa. Sentía pasión por la química y cuando entraba en crisis llenaba con frases de sus libros favoritos y con las fórmulas que conocía tres pizarrones que tenía en un salón del segundo piso. Cuando estaba bien era divertido, bromeaba y se reía con sus padres y sus hermanas, por eso podían prever las crisis: se volvía taciturno, dormía más, dejaba de leer y se pasaba el día entero en las mecedoras del segundo piso mirando las montañas. Ya en crisis permanecía en el salón de las pizarras hablando solo y escribiendo.

Los tres hermanos siempre habían sido muy unidos, la enfermedad de Pedro Nel los devastó y las hermanas se dedicaron a cuidarlo. Deyanira e Inés habían decidido que su vida estaba en Fredonia con su hermano. Para ellas no era posible pensar que él estuviera en la finca solo. Su padre ya era mayor y su madre, aunque hacía un gran esfuerzo por entender lo que le pasaba a su hijo esperaba que mejorara, negándose a aceptar la cronicidad de la enfermedad. Era una carga muy pesada para ella sola. Además, Inés, introvertida y nerviosa, era feliz en la finca. No disfrutaba los viajes a las ciudades, para ella implicaban un gran desgaste emocional. Prefería la tranquilidad y la rutina del campo, un gusto que compartía con Pedro Nel.

Por su parte Deyanira, abierta y sociable, planeaba visitas a Medellín y Bogotá con frecuencia, donde entretenía a sus familiares y amigos, se llenaba de nuevas historias, se refrescaba y volvía a la finca. Su tía Leonor, ahora en los cuarenta y tantos, había renunciado al matrimonio para dedicarse a la enseñanza y Deyanira creía que ella podría hacer lo mismo: trabajar en una escuela cercana disfrutando de la energía de los niños y viviendo en la finca.

Para evitar problemas, Deyanira no le había dado la oportunidad a ningún hombre para que la cortejara, sabía que el amor era peligroso y prefería prevenir. Por supuesto, una de las tareas preferidas de sus primas y tías era buscar pretendientes para ella, un esfuerzo innecesario, en cada reunión más de un joven quedaba prendado de su personalidad chispeante y su belleza.

Cuando llegó Virgilio sus tres hijos se abalanzaron sobre él como si llegará de un viaje de meses, luego su esposa los hizo mover para hacerse un espacio cerca de su esposo y quitarle el carriel, verificar que estuviera seco, organizarle el pelo y amorosamente sermonearlo por seguir haciendo lo que ella consideraba cosas de jóvenes. Manuel presentó a Luis y a don Virgilio:

—Bienvenido, mijo. Esta es su casa. —Fue la respuesta del patriarca. Inmediatamente las tres mujeres pusieron la mesa, sirvieron frijoles con garra, arroz, carne frita, nuevamente arepa, chocolate, mazamorra y el pastel. Luis se sintió abrumado por tanta comida, no había pasado una hora desde la merienda. Todos lo notaron y empezaron a hacer bromas. Fue una larga cena, llena de risas, anécdotas y regaños amorosos de las mujeres a don Virgilio porque no se cuidaba lo suficiente, por impulsivo y por sus tardes de fonda con los amigos en el pueblo.

Luis notó que Pedro Nel era un alma atribulada, no entendía cómo tenía ese aire de discípulo de Nietzsche en un ambiente tan acogedor y lleno de amor.

La estadía de Manuel y Luis estaba programada para varios días. El primer día Manuel no se preocupó de la notoria atracción entre Deyanira y Luis, pero a medida que pasaron los días, al ver a su prima coqueteando, ella que siempre era tan distante y desinteresada por el sexo opuesto, se preocupó. Manuel se debatía entre hablar con su prima y contarle a qué se dedicaba Luis o no hacerlo. Sentía que con cualquier decisión traicionaba a alguien que quería y que confiaba en él. Finalmente, optó por hablar con Deyanira porque era familia.

Deyanira se sintió cautivada por la personalidad de Luis. Era aventurero, buen conversador y con la capacidad de asombrarse por todo. También le encantó la relación que fue construyendo con Pedro Nel. En los pocos días en que estuvo en la finca Pedro Nel lo aceptó como un cercano, algo poco habitual en él, un joven reservado. Pedro Nel y Luis compartían el gusto por los libros y el mismo sentido del humor. Los dos encontraron un placer inmenso en aliarse en contra de Inés y Deyanira, algo fabuloso para Pedro Nel que siempre tenía a sus dos hermanas en su contra.

Josefina y Virgilio también disfrutaron la presencia del joven amigo vasco de Manuel. Virgilio que cuando hablaba desconocía los principios básicos de la prudencia, le dijo la primera vez que montaron a caballo:

—Hombre, quien te ve cojo y sos todo un jinete.

—Don Virgilio, con todo respeto, lo que sufre cuando monto a caballo no es mi rodilla —respondió Luis.

A Virgilio le cayó en gracia. Además, no le pasó desapercibida la deferencia con la cual lo trataba Deyanira.

—Mija, parece que tu sueño se puede hacer realidad, puede que tengás un yerno comerciante —le dijo Virgilio a Josefina.

—Yo mejor ni me emociono, vos sabés cómo es ella —le contestó Josefina.

—¿Pero viste cómo se miraban? —Insistió Virgilio.

—¿Te imaginás?, nietecitos corriendo por el jardín y metidos aquí en la cocina haciendo diabluras —repuntó Josefina con la cara iluminada.

Virgilio no dijo nada más y salió riéndose a carcajadas.

—Estás muy viejo para esas bobadas —le gritó Josefina encolerizada cuando se dio cuenta de que él solo quería picarle la lengua. Pero ella desde antes se había hecho ilusiones. Era normal que Deyanira fuera una buena anfitriona conversadora que lo llevara al pueblo, pero las miradas, esas sí eran diferentes.

Luis sentía tal regocijo en su corazón que a veces se descubría sonriendo solo por el placer de hacerlo. Deyanira era encantadora, hermosa, inteligente, buena conversadora, tenía sentido del humor. Además, disfrutaba observando a su familia, el amor que se veía entre sus padres y esa forma divertida de interactuar en la cual incluso los regaños de Josefina dejaban filtrar el amor que sentía por su esposo lo había conquistado, junto con la ternura y la calma de Inés y Pedro Nel. Se sentía conectado con él, podían pasar horas hablando de libros o filosofando sobre la vida, y era particular que ambos habían llegado a las mismas reflexiones teniendo vidas opuestas.

Deyanira lo hacía sentir tranquilo, como si todas las cosas que pudieran afectarlo estuvieran bajo control, tenía una mente abierta y llegaba a conclusiones que él no vislumbraba. Debió reconocer que ella era más inteligente.

Una tarde Deyanira, siendo más prudente que su padre esperó más tiempo, le preguntó a Luis sobre su cojera. Los únicos que sabían la historia real en Colombia eran los Aburuzaga, para todos los demás, Luis creaba diferentes versiones de los hechos dependiendo del efecto que quisiera crear. Para quienes preguntaban en las reuniones sociales en Santa Marta o Medellín, la historia era una enfermedad en la niñez, para quienes preguntaban en el mundo del contrabando, la historia podía variar desde la narración de un accidente en bote hasta una emboscada que salió mal para quienes se metieron con él y su gente. A Deyanira le contó la historia real y le confesó que al final de su relación con María él estaba enamorado. También le confió que llevaba una doble vida y que no era solo un comerciante. Le narró parte de sus experiencias en el Darién y en el Atrato, de sus amigos kuna y embera dódiba. Le dijo que quería que conociera a los Aburuzaga, a Genaro, a John y que ojalá pudiera conocer a Amelia, a su tía Bernardina y su primo José.

Deyanira estaba maravillada, quería conocerlos a todos, quería ser parte de su vida, pero ella había tomado una decisión, se iba a quedar con Pedro Nel e Inés, sin embargo, se sentía confundida. Era una lluvia de sentimientos, estaba feliz y triste. Por primera vez en su vida estaba pensando en casarse con un hombre que había conocido solo tres días atrás, y toda la seguridad del mundo que había construido se vino abajo. Hizo un gran esfuerzo para explicarle a Luis lo que sentía, lo que pensaba. Luis en ningún momento perdió el hilo, ni la calma, entendía, la entendía a ella, comprendía la situación. Ya verían, él solo necesitaba su aprobación para seguir visitándola, para cortejarla, podía ser un novio para toda la vida, no importaba. Ella sonrió, podía ver que él entendía.

—Quiero que sigas viniendo —le dijo Deyanira—, pídele permiso a mi papá.

Luis asintió con la cabeza y deslizó su mano hasta tocar la de ella. Sus dedos, como si fueran conocidos de toda la vida, se entrelazaron suave y rítmicamente, los dos se sonrojaron. Sus corazones latían tan rápido y fuerte que cada uno podía escuchar el del otro.

⊠ Cuando estaba por finalizar la estadía de Luis y Manuel en la finca, el joven paisa tomó fuerza para contarle a su prima sobre los negocios de Luis. Quería que ella supiera en qué se estaba metiendo.

—Yo lo sé, Manuel —le contestó Deyanira. Manuel suspiró, como quién llega tarde a una cita importante.

—Es una gran persona, pero el mundo del contrabando es peligroso—continuó Manuel.

—Lo sé —afirmó nuevamente ella.

Manuel conocía a Deyanira. Insistir era tratar de atravesar un muro de piedra.

—Quería decírtelo, somos familia —finalizó Manuel, resignado.

Era el momento de volver a Medellín mientras Manuel tenía en su cara la expresión de un hombre con preocupaciones, Luis no podía esconder que era un hombre enamorado, lo que lo hizo más cercano a los padres de Deyanira, aprobaban que su hija se hubiera interesado en él. Para ellos, era un joven comerciante vasco muy bien relacionado.

Josefina estaba llena de esperanza, necesitaba poco para soñar con su casa llena de nietos corriendo por todos los corredores. A Virgilio el joven vasco le había llegado al corazón y esperaba que las cosas entre él y Deyanira llegaran a algo, aunque no quería hacerse falsas ilusiones pensando en una descendencia que no existía todavía.

Todos en la familia Anduaga Valerdi sintieron la partida de Manuel y Luis.

—Es por Luis, no por vos —le decía Pedro Nel bromeando a Manuel, refiriéndose a la tristeza que les causaba su partida.

Luis se comprometió a volver en quince días, y estaba feliz porque a los ocho días podría ver a Deyanira en Medellín.

—Ese viaje a Medellín que se estaba envolatando por fin se va a hacer —dijo Josefina en tono cómplice con Deyanira.

Cuando ya no podían ver al final del camino a Luis y Manuel, Pedro Nel dijo:

—Me cae bien Luis, cuando vuelva vamos a revisar unos libros de filosofía.

Deyanira lo abrazó, para ella significaba mucho que su hermano lo aceptara.

—¡Tenés que quedártelo! Yo quiero que él sea mi cuñado —reforzó Inés.

—¿Pero ¿qué les pico? Es un amigo, no piensen bobadas —dijo Deyanira, tratando de convencerse a sí misma.

Toda la semana los hermanos Anduaga se las arreglaron para hablar de Luis. Cada uno sacaba pedazos

de las conversaciones que había tenido con él y las volvía
a contar solo para llegar a las mismas conclusiones: que
era una persona muy interesante y llena de historias. La
fascinación de los hermanos aumentaba día a día, pero
fue Deyanira quien desató una admiración sin límite por
él.

—Hay algo que deben saber —les dijo.

Acto seguido, les contó la historia de la herida en
la pierna y los pormenores de sus actividades, ella no
guardaba secretos con sus hermanos y no quería que
fueran ajenos a esa parte de la vida de Luis. Inés y Pedro
Nel quedaron estupefactos, todos se quedaron en silencio
por un momento.

—Este hombre cada vez me gusta más —irrumpió
Pedro Nel.

Luis representaba el mundo de aventuras que
atraía a Inés y Pedro Nel pero al que eran incapaces de
acceder por su forma de ser.

—¿Cómo les cuento a mis papás? —preguntó
Deyanira.

Nuevamente hubo silencio, luego entre los tres
decidieron que era mejor esperar un poco y que lo más
acertado era contarle a Virgilio primero. Ninguno quería
arriesgarse a que sus padres se opusieran a las futuras
visitas de Luis.

Luis quiso contarle a todo el que lo quisiera
escuchar a cerca de Deyanira. Cuando se encontró con
los Aburuzaga habló de ella. En la carta dirigida a Amelia,
la describió y le sugirió que la pintara. Bernardina y José
tuvieron un tema más de conversación por cuenta de las

cartas de Luis en las cuales había dedicado un buen espacio para definir a Deyanira y a su familia.

—Creo que es la familia que él siempre quiso tener —le dijo José a su madre.

Esa semana John, Genaro y Luis se encontraron en Santa Marta para hacer un balance del negocio. Los dos primeros se miraban cada que Luis encontraba la forma de hacer un comentario relacionado con Deyanira o su familia. Luis, por su parte, se sentía lleno de energía y también ansioso, nunca había sido una persona con afanes, pero ahora todo le parecía lento, el tiempo le parecía que transcurría más despacio que antes y los días previos a sus visitas a Fredonia se hacían eternos.

El momento de los viajes de Luis a Fredonia coincidió con su expansión en el Pacífico, con el interés de John en las concesiones de explotación maderera y con el apoyo que Genaro estaba brindando a la formación sindical de los trabajadores de las bananeras. La presencia de los tres en Colombia ayudó a que Luis pudiera abrir camino de Turbo hasta Buenaventura.

En el momento de viajar a Fredonia Luis se llenaba de libro libros para Pedro Nel y telas para Josefina, Deyanira, Inés y las mujeres que trabajaban en la cocina. A don Virgilio le llevaba cigarrillos que debía entregarle a escondidas de Josefina para evitar el regaño, aunque ella sabía que se los llevaba.

En el primer piso de la casa en Fredonia, Deyanira e Inés tenían destinado un salón para la costura. Había dos máquinas de coser, una que había llevado don Virgilio muchos años atrás y otra de las que importaba Manuel. En esa casa Luis entendió por qué Manuel confiaba tanto en que la importación de las máquinas sería un buen negocio. Deyanira e Inés sabían hacer todo tipo de cosas en ellas y se entretenían creando y diseñando, las sedas japonesas que llevaba Luis hicieron que sus posibilidades creativas se ampliaran.

Luego de un año de visitas quincenales a Fredonia, aunque prometió no hacerlo, Luis puso el tema del matrimonio en la conversación. Deyanira guardó silencio y rompió en llanto. Luis no podía consolarla, evitaba tocarla porque sentía que si lo hacía no podría soltarla nunca. Le extendió la mano con un pañuelo y trató de reconfortarla con sus palabras mientras ella, entre sollozos, le explicaba lo que ya sabían, no podía dejar sola a Inés ni a Pedro Nel. Luis le contestó que encontrarían una forma y ella respondió que no forzara la situación, él no tenía que cargar con una familia entera. Él contestó que no pensaba imponer nada, pero que ella era testaruda. Le propuso que hablaran con Inés y Pedro Nel.

—No me parece justo contigo —le dijo ella.

—Injusto es estar sin ti —contestó él. Y sin poder contenerse, se acercó y le dio un beso en la boca, sin saber que le producía más miedo, irrespetarla o ser rechazado. Ella correspondió el beso, copiando lo que él hacía inicialmente, aprendiendo por imitación. Luego el beso siguió a un ritmo perfecto. Los cuerpos se buscaron, se abrazaron, hasta que Luis entendió que no podía seguir y tiernamente la alejó.

—¿Nos vamos a casar? —le preguntó.

Deyanira todavía estaba pensando en el beso. Escuchó la pregunta en la lejanía. Quería decir sí, pero debía decir no. Luis se quedó mirándola.

—No quiero presionarte, hablamos cuando vuelva —le dijo.

La tomó de la mano y caminaron hasta encontrar a Inés y Pedro Nel. Evitó estar a solas con ella en lo que quedó de la visita, se despidieron sintiéndose más enamorados que nunca.

Luis contaba las horas para ver otra vez a Deyanira. Había decidido acompañar la mercancía que iba para Medellín y enviar a los guías al Pacífico, así él no se alejaría tanto. Quería evitar que retrasara su viaje a Fredonia. Salía del Atrato para bajar al Valle del Penderisco cuando el jaibaná embera llegó.

—Tuve un sueño, te mueres. Necesito que vengas a mi tambo, necesito hacerte una limpieza —le dijo visiblemente preocupado.

Luis lo escuchó, respetaba profundamente al jaibaná, pero estaba tremendamente enamorado y esa visita a los emberas, lo retrasaría una semana. Luis le explicó cuál era su situación. El jaibaná entendió porque sabía la fuerza que tenían los asuntos del corazón, entonces le hizo un pequeño ritual y le pidió que se cuidara.

—Eres gente del agua como nosotros, eres parte de nuestra tierra —dijo, poniendo sus manos en el pecho de Luis, como si lo estuviera presentándolo a sus ancestros como un miembro de la comunidad. Luis le agradeció y continuó su viaje, aunque estaba intranquilo. Recordó que había sentido algo extraño en Turbo, pero no puso la suficiente atención, estaba pensando todo el tiempo en Deyanira.

Cuando subían la cordillera, dos de los arrieros del grupo desaparecieron.

—¿Quién los recomendó? —preguntó Luis.

Sus acompañantes se miraban unos a otros. Entonces consideró devolverse, algo estaba pasando, pero no podía identificar qué era. Pensó en las reflexiones del jaibaná y en Meluk. Se preguntó si lo estarían traicionando sus adversarios. La ruta era de él, si los estaban esperando otros contrabandistas para quitarles la mercancía había sido alguno de los arrieros que trabajaban para él que lo habían vendido. ¿serían los dos que se habían ido?, ¿estaría allí en la caravana?, si algo pasaba, él estaba más seguro en territorio de los emberas dódiba. Decidió no avanzar más. Pero luego pensó en Deyanira y recordó lo implicaría eso en tiempo, su llegada a Fredonia se retrasaría varios días. Cambió de opinión y decidió seguir.

Cuando bajaban la cordillera, justo antes de anochecer, en un camino estrecho, con la montaña a un lado y el precipicio al otro, sintió que otro jinete tiraba de su mula, al mismo tiempo el arriero que iba adelante le cerró el camino. En cuestión de segundos el hombre que estaba atrás suyo lo rodeó con un brazo por el cuello y le levantó la cabeza, Luis sintió la presión de un cuchillo en el cuello y en seguida un ardor insoportable. Luego se vio rodando por la montaña. Durante la caída trató de mantener su mentón pegado al cuello, no sabía qué tan grave era la herida, podía respirar, pero temía desangrarse. Cuando terminó de caer se quedó quieto para simular estar muerto, para su tranquilidad, nadie bajó a verificar.

Pasó un tiempo, no sabía cuánto, estaba concentrado en no perder la consciencia. Se preguntaba cómo iba a salir de allí. De pronto sintió a alguien a su lado llamándolo.

—Don Luis, ya lo ayudo, no se preocupe. —Luis no se atrevía a moverse. El hombre lo volteó y lo examinó, luego le puso un vendaje improvisado en la herida. Luis pudo ver que era uno de los arrieros que se había desaparecido. No pudo concluir nada, siguió concentrando sus energías en no perder la consciencia y mantener la barbilla apretada contra su cuello. El hombre lo bajó unos tres metros y lo dejó allí.

—Ya vuelvo don Luis, no se preocupe, ya vuelvo, Dios lo acompaña —le dijo.

Luis vivió el momento como una eternidad. Al tiempo el hombre apareció nuevamente con su mula, montó a Luis acostado boca abajo y guio el animal de vuelta al Atrato. Alcanzaron a avanzar algo en el camino cuando se encontraron con un grupo de personas, estaba el otro arriero desaparecido y varias caras conocidas de los emberas dódiba. Le reforzaron el vendaje, improvisaron una camilla y una vez lo subieron Luis perdió el conocimiento.⊠

—No llega —dijo nuevamente Pedro Nel.

—Ya me di cuenta —contestó Deyanira molesta.

Todos se sentaron a comer en silencio, una excepción en la familia Anduaga Valerdi.

—Algo se debió presentar mija —le decía Josefina.

Luis llevaba tres días de retraso y no tenían noticias de él. Deyanira por momentos pensaba que algo le había pasado. De pronto esa idea era interrumpida por un pensamiento que le decía que no volvería por su culpa. Se cuestionaba por no haber dicho que sí se quería casar, y luego su pensamiento cambiaba y creía que él no volvería porque ella le había correspondido el beso de forma muy apasionada y que eso seguro lo había decepcionado. Luego volvía a su hipótesis inicial con relación a que algo le había sucedido para seguir el ciclo de supuestos descabellados.

Al cuarto día recibieron un telegrama de Manuel: «Luis fue atacado en la cordillera, está herido». Manuel no decía dónde estaba Luis ni qué tan grave era. Trataron de comunicarse telefónicamente con él desde el pueblo, pero no fue posible y Deyanira no quería iniciar una serie interminable de telegramas. Entonces le pidió a su madre que la acompañara a Medellín. Virgilio pensó que era lo más sensato y se quedó con Inés y Pedro Nel, los tres con el corazón estremecido esperando que todo tuviera el mejor desenlace.

Ya en Medellín, Deyanira pudo conocer más detalles del incidente, pero los días pasaban sin saber exactamente dónde estaba Luis y si estaba mejorando. La estaba consumiendo por dentro la angustia.

Mientras tanto, en medio de la selva, Luis estaba en territorio embera cuidado por el jaibaná. Lo único que esperaba Luis era recuperarse para ver a Deyanira.

—Estoy mejor —le dijo Luis al jaibaná.

—No Luis, todavía no es tiempo —le respondió él. La herida era superficial pero de cuidado, Luis se había salvado de que le cortaran la tráquea o la yugular gracias a una bufanda que tenía puesta.

Finalmente, el jaibaná autorizó que llevaran a Luis por el Atrato hasta el Atlántico y luego a Santa Marta. Los Aburuzaga terminaron de cuidar su convalecencia. John y Genaro, informados de lo sucedido, viajaron a Santa Marta a encontrarse con Luis, quien en cuanto pudo envió un telegrama a Fredonia y se enteró que Deyanira estaba en Medellín.

Los tres socios tuvieron una conversación. Los más veteranos creían necesario centrar a Luis.

—Sigues siendo muy confiado —dijo John.

El ataque había sido planeado por un veterano contrabandista de la zona que no veía con buenos ojos las nuevas ideas de Luis, ni su relación con los colaboradores, ni con los indígenas.

—Se aprovechan de la pobreza, de la ineficiencia del Estado, por eso he podido posicionarme en los territorios, solo llegan los curas y los mineros y los contrabandistas, todos queriendo imponerse o aprovecharse. Ustedes saben que yo soy distinto, hay que respetar y ayudar al otro para que prospere, la codicia sin medida no tiene sentido —les dijo Luis.

—¿Toda tu gente está armada? —le preguntó John.

—Sí, todos tienen armas —respondió Luis. Genaro y John se quedaron mirándolo, sabían que no era cierto.

—¿Las usan? —le preguntaron al mismo tiempo.

—No han tenido motivos para hacerlo —respondió Luis.

—¿Ni con la Policía? —insistió John.

—Pagamos bien, no molestan —dijo Luis.

Con frecuencia Genaro y John se sorprendían de la posición que había ganado Luis y del poder que tenía sin una sola acción de violencia.

Genaro y John se admiraban de que las cosas hubieran sucedido de esa forma, pero también pensaban que había que cuidarse.

—No podemos olvidar en que actividad estamos Luis. Para nuestra tranquilidad yo me encargué del asunto —manifestó John.

Luis sabía de qué hablaba pero no preguntó detalles. Genaro ya estaba al tanto de las acciones de contraataque que había emprendido John. Luego los amigos cambiaron de tema y conversaron sobre el futuro de la sociedad. John había conseguido con su amigo francés, el exmilitar, unas repetidoras de radio y pensaban conectar toda la zona. Luis, Genaro y John se sentaron alrededor de un mapa, Luis que se conocía muy bien el territorio, ubicaba los puntos donde podían poner las antenas de radio.

Pasados unos días John retomó sus actividades habituales en el norte y Genaro se instaló en la casa de los Aburuzaga y alargó su visita. Aprovechó para hablar con los líderes sociales de las compañías bananeras en las afueras de la ciudad.

—Como en los viejos tiempos —le dijo riendo Genaro a Luis y le contó cómo estaban las cosas con la United Fruit Company—. No les gusta que yo esté por aquí hablando de derechos de los trabajadores, esa gente cree que puede tener esclavos —dijo.

Llegó la primera semana de diciembre y Luis se sentía mucho mejor, pensaba viajar a Medellín en los próximos días. Luego de que Genaro viajara Cuba el dieciséis del mismo mes.

El cinco de diciembre Luis estaba en la cocina, ayudando a preparar el almuerzo, con Regina y las empleadas de la casa cuando entró Juan, se veía pálido.

—¿Qué te pasa? —le preguntó Regina.

—Hay un enfrentamiento entre la fuerza pública y los trabajadores de la United Fruit Company, los están matando a todos.

Luis se quedó inmóvil, todos estaban preocupados por Genaro, él estaba con los trabajadores de la compañía. Era una tragedia de tal dimensión, con cientos de muertos y heridos, que solo cuatro días después los policías amigos de Luis pudieron dar con el cuerpo de Genaro. Luis le escribió a Deyanira diciendo que se había presentado una situación grave con su socio y no podría viajar, no dio más detalles.

Todo pasaba como en una pesadilla, Luis no podía viajar a Cuba, pero se arriesgó a hacerlo. Subieron el cuerpo de Genaro al barco e iniciaron el viaje. Navegaron lo más rápido que el mar se los permitió. En Santiago de Cuba le entregaron el cuerpo a Rita, Luis la acompañó unos momentos, pero partió antes de que llegaran los amigos y la familia de la viuda para evitar ser reconocido.

Luego de ir a Santiago de Cuba, Luis fue a La Habana a saludar a Amelia, quien ya había llegado de Francia, necesitaba estar con alguien cercano. Amelia no podía creerlo, le daba mucha alegría ver a su amigo, aunque sentía que fuera en esas circunstancias.

—Pareces todo un corsario —le dijo Amelia, haciendo referencia a su cojera y a la cicatriz de su cuello. Él estaba despeinado y bronceado, como de costumbre, pero se veía más maduro.

—Tú te ves igual de artista —le dijo él.

Luis se quedó dos días con Amelia, tenían tantas cosas que contarse que se interrumpían constantemente y al final del día les ardía la garganta de tanto hablar. Le alegraba estar en la ciudad y quería disfrutar el poco tiempo que estaría. Las únicas personas que sabían que estaba en Cuba eran Rita y Amelia.

—Amelia, ¿me pintarías una jirafa para hacer un regalo? —preguntó Luis.

—¿Una de La Ménagerie? —respondió Amelia, mirándolo fijamente. Ella conocía la historia.

—Sí —puntualizó Luis.

El día de la despedida Amelia llevó un pequeño cuadro de una jirafa.

—¿Vas a entregarlo tú? —preguntó Amelia con ganas de no darle la jirafa.

—No sé, de pronto la dejo en la puerta —dijo Luis y le hizo un guiño.

—¿Desde cuándo me guiñas el ojo? —respondió Amelia fingiendo estar molesta y dándole una palmada suave en el hombro—. ¿Qué es?, ¿una mala costumbre colombiana?

—Desde que soy corsario —respondió Luis.

Llegaba la hora de partir, a los amigos les costaba despedirse.

—Puedes ir a Colombia a visitarme —dijo Luis.

—Claro que puedo —respondió Amelia, mientras le daba un fuerte abrazo—. Cuídate aventurero.

Antes de ir al puerto Luis pasó por la casa de María. Tocó la puerta y esperó, después de un breve momento le abrió una mucama.

—Buenas noches, ¿puede entregarle esto a María por favor? —dijo Luis.

La empleada estaba por preguntarle de parte de quién era la entrega cuando se escuchó la voz de María acercándose a la entrada.

—¿Quién es, Celina? —la escuchó preguntar Luis. Y al terminar la frase ya estaba asomada a la puerta. Era difícil identificar quién estaba más sorprendido. Luis no contaba con que ella estuviera en la casa un viernes a las siete de la noche y María hubiera esperado a cualquier persona en ese momento en su casa menos a Luis. La mucama no se movía de la puerta, Luis no entregaba el cuadro y María ni lo invitaba a entrar ni cerraba la puerta. Por unos segundos el tiempo se congeló.

—Hola María —dijo Luis finalmente, pensando que ella estaba más hermosa que antes.

—Celina, invite al caballero a pasar —dijo María, incapaz de saludar a Luis.

María lo miró, había perdido la cara de niño, parecía más vivido y más experimentado. Luego notó su cojera y debió controlar las lágrimas, los meses después del atentado a Luis fueron amargos para ella. Después vio la cicatriz en la garganta y tuvo curiosidad, pero sobre todo sentía ganas de abrazarlo y tenerlo entre sus brazos.

Había cosas que no cambiaban, María todavía tenía la capacidad de dejar a Luis sin palabras. Él se sentía incomodó, quería entregar el cuadro e irse, pero al mismo tiempo no podía moverse. El cuadro quedó relegado en una mesa.

—Celina, puede retirarse y por favor dígales a todos que se vayan a descansar—dijo María—. Ya no voy a salir.

—¿Necesita algo más? —preguntó la mucama.

—No necesito nada, gracias —respondió María en tono impaciente.

La ansiedad empezó a llenar el salón, ninguno hablaba, guardaban la distancia, estaban incómodos, pero la sensación no era de lejanía, era de contención.

—Voy a casarme —mintió a medias Luis.

—Apareció el niño —dijo María molesta, como a quien se le escapa un pensamiento.

Luis sintió cólera, la que tenía reprimida desde el atentado que le hizo Salcedo. Sintió cómo la cara se le calentaba y por primera vez iba a empezar a recriminar a María por su decisión de no visitarlo, de preferir esa vida de dudosa reputación, de vivir de regalos de matones esclavistas y políticos corruptos, cuando ella se le abalanzó y lo abrazó tan fuerte que él respiraba con dificultad. Ella empezó a llorar, primero tratando de aguantar hasta que sus esfuerzos fueron infructuosos.

Así se quedaron hasta que el llanto se volvió un sollozo. Luego María lo llevó de la mano a su habitación. Él se dejó, estaba cansado, estaba triste, tenía el corazón desbordado de sentimientos, aguardando, a punto de explotar. El duelo por Genaro, la rabia por la traición en la cordillera, el tedio de la recuperación, extrañar a Deyanira, querer a Deyanira, desear a Deyanira. No iba a luchar contra María, ella tenía poder sobre él, dejaría que lo venciera, no podía más.

Una noche se convirtió en tres noches. Llegó el momento de partir sin que quisieran hablar de despedirse, aunque comprendían que era inevitable. Ambos lo sabían, él pertenecía a otro lugar. Luis llegó a Colombia, destrozado. La muerte de Genaro lo había cuestionado profundamente. Adicionalmente, debía asumir las actividades en Panamá, lo que retrasó más su viaje a Medellín. Pasó diciembre y Deyanira y Luis solo pudieron comunicarse por teléfono, esporádicamente, y por telegramas. Luis tenía que poner muchos asuntos en orden y entre esos estaba dejar económicamente tranquila a la esposa de Genaro.

Cuando todo quedó en orden en Ciudad de Panamá y Colón, Luis viajó al Darién panameño primero y luego al colombiano a organizar las antenas de radio, después bajó por el Atrato y posteriormente supervisó la instalación de las antenas de Buenaventura.

Finalmente, llamó al exmilitar francés y dejó que adecuara ametralladoras en las lanchas, como el francés había anhelado hacer desde que Luis había comprado el contenedor de armas. Usaron unas Hotchkiss *M1914*, usadas por los franceses en la Primera Guerra Mundial y luego populares en Estados Unidos. Luis dejó una lancha armada en el río Atrato, una en el Atlántico y otra en el Pacífico. Más que pensar en usarlas, creía que sería un mensaje para quienes estuvieran pensando en atacar sus mercancías o sacarlo de las rutas que había abierto. Él, El Cojo Gomiziaga, seguía fiel a los principios que había aprendido en la fábrica de chocolate de su padre y los aplicaba en su propio negocio. Lo más importante era que los colaboradores estuvieran bien, ser confiable y honesto tanto en los precios como en los tiempos de pago y entrega. Para muchos era solo un joven europeo aventurero que pronto volvería a su continente a contar sus proezas en América. Pero quienes los conocían, veían cómo cada vez estaba más comprometido con la gente de la región.

La emboscada y la muerte de Genaro lo cambiaron, comprendió que de una forma muy profunda realmente tenía dos vidas. Una en la que podía ser esa persona que conocían Bernardina, José, Amelia, Deyanira y su familia, y otra que conocía Colombia de Turbo a Buenaventura, mejor que un lugareño, una vida en la que era ostentoso y poderoso.

Fue solo hasta mediados de enero que Luis llegó a Fredonia, su semblante denotaba un cansancio profundo. Pero solo recibir el saludo de Deyanira y su familia lo hizo sentir mejor, ya había olvidado lo reconfortante que era tenerlos cerca. No había pasado media hora y ya su cara había recuperado vitalidad.

Deyanira se sentía dichosa, estaban todos en la cocina, donde ocurría todo lo importante de la familia. Ella aprovechaba cada oportunidad para rozar las manos o los hombros de Luis, llevaba tanto tiempo esperando este momento.

Luis sentía que ellos lo hacían pertenecer, disfrutaba esa sensación, pero no pudo evitar comparar a María con Deyanira, trató de sacar rápido ese pensamiento de su cabeza, no le hacía bien, no era justo para nadie, dejó de pensar, se concentró en lo que pasaba a su alrededor.

Deyanira estaba inquieta, Luis lo notaba y lo disfrutaba, él guardaba silencio a propósito. Después, todos se reirían de ese momento. Delicadamente deslizó su mano y tomó la mano de Deyanira, ella lo apretó y pareció sosegarse un poco. Él continuó en silencio. Estaban sentados en las mecedoras del corredor del segundo piso, los demás seguían en el primer piso. Deyanira estaba impaciente, sabía que en cualquier momento Pedro Nel sería el primero en subir. Finalmente, Luis mirándola le preguntó:

—¿Te vas a casar conmigo?

—Sí —contestó ella con los ojos llenos de lágrimas.

Luis no dijo nada, no esperó, soltó la mano de ella y conmovido bajó rápidamente las escaleras, mientras Deyanira seguía sentada en la mecedora atónita. Luis entró en la cocina con cara de júbilo.

—Don Virgilio, doña Josefina, amo profundamente a su hija Deyanira y de la manera más respetuosa quiero pedir su permiso para casarme con ella —dijo Luis emocionado.

Todos rieron. Como respuesta, Virgilio y Josefina lo abrazaron seguidos de Inés, Pedro Nel y las mujeres que trabajaban en la cocina.

—¿Dónde está la niña? —preguntó Josefina. Deyanira seguía petrificada en la silla mecedora. Todos subieron a felicitarla, ella lloraba más con cada abrazo, Luis la miraba con ternura. De pronto, sin entender por qué, llegó a su cabeza la imagen de María. Sacudió la cabeza para volver al momento que estaba viviendo.

En los días siguientes solo se habló del matrimonio: quién asistiría, dónde sería, del vestido de la novia, del vestido de la madre de la novia, del vestido de la hermana de la novia, y las mujeres no aceptaban intromisiones de los hombres. Virgilio, Pedro Nel y Luis terminaron por sentirse alienados y salían a conversar a otro lado. Se percibía en el ambiente que era algo que todos querían. Virgilio y Josefina pensaban que Luis era un hombre que podía cuidar bien a su hija, e Inés Pedro Nel lo admiraban como a un hermano mayor.

Deyanira se sentía tranquila por sus hermanos, había acordado con Luis que pasaría temporadas en Fredonia, lo cual también era conveniente para él, debido a sus innumerables viajes.

Deyanira y Luis se casaron a mediados de febrero de 1929 y ese mismo año, el treinta de noviembre, nació su primer hijo, Andrés. Después de dos años de tranquilidad y estabilidad familiar nació la segunda hija de la pareja, Pilar.

Ese mismo año José, el primo favorito de Luis, fue elegido alcalde de Getzo. El brillante abogado también intervino en la redacción del Estatuto Vasco donde se planteaba la autonomía vasca, un documento que finalmente, no sería aprobado pero que tendría gran relevancia.

Paralelo a su consolidación como hombre de familia, el nombre de Luis se hacía cada vez más conocido en la región, controlaba el contrabando desde Santa Marta hasta Buenaventura.

Luis había crecido como su nombre y la leyenda había empezado a moldear la personalidad del hombre. No aceptaba intromisiones en su territorio, su gente sabía que convenía estar de su lado. La leyenda del Cojo Gomiziaga se alimentaba a sí misma, muchos creían que estaba protegido por los chamanes kuna, los jaibanás emberas y los santeros cubanos, y que ellos habían hecho una especie de hechizo que lo hacía inmune a la muerte. Había varias versiones del atentado en el que sufrió la cortada en el cuello, pero la preferida de todos era una en la cual Luis había muerto y sus socios cubanos habían traído a un santero para que lo reviviera. Todo esto creó un aura de misterio y miedo alrededor de él, una que contrastaba con su personalidad jovial y amable, aceptada y admirada en los círculos sociales de Ciudad de Panamá, Santa Marta, Medellín y Bogotá.

En estos círculos muchos no ignoraban las historias detrás de Luis, pero el encanto de la pareja Gomiziaga Anduaga era difícil de resistir. Ella era una relacionista natural, tenía la habilidad de convocar a cualquiera a sus reuniones, y tenerlos como invitados era todo un deleite. Eran cultos, buenos conversadores, con gran sentido del humor, llenos de historias para contar y con la habilidad de hacer sentir bien a cualquiera.

Una noche, en una de las múltiples reuniones sociales, llegó Pedro Lorea: «Es el hijo del próximo presidente de Colombia», dijo quien los presentaba. Era un amigo de Lorea a quien todo el mundo llamaba el Lazarillo.

El encuentro no era fortuito, el Lazarillo quería que Pedro y Luis se conocieran. Pedro era un joven capitalino con alma de aventurero, sediento de experiencias y buen negociante. Se sentó toda la noche a hablar con Luis, un hombre que era ya un hito para él. Pedro habló de su interés en concesiones madereras. Luis le contó que su socio, John, tenía experiencia con las concesiones y en ese tipo de exportaciones: —Son legales. —Aclaró Luis y Pedro sonrió. Si bien no tenía ningún interés en el contrabando, había desarrollado admiración por Luis y no lo juzgaba. Acordaron una reunión para hablar del asunto.

A los pocos días se llevó a cabo la reunión. El Lazarillo tenía conocimiento de unas concesiones gigantes en el Chocó, con las influencias de Lorea las podrían conseguir fácilmente, necesitaban una estructura confiable y ya organizada para sacar la madera. La propuesta era que Luis se encargara de lo operativo en el Chocó y de sacar las maderas hasta Panamá. John se encargaría de llevarlas a los Estados Unidos y Europa y venderlas. El amigo de Lorea haría todos los trámites con el gobierno. Todos estuvieron de acuerdo y la sociedad se estableció.

El Espía

☒

Luis leyó la carta de su primo José con cuidado. Aunque comprendía lo que decía, la volvió a leer. José le pedía, a nombre del Partido Nacionalista Vasco, ser miembro del Servicio Vasco de Información, el cual a su vez colaboraba con el Servicio Secreto Británico y el Deuxieme Bureau francés. Debía reportar movimientos de japoneses, alemanes, italianos, rusos y, por supuesto, franquistas en las costas de las que tenía control. La carta se la entregó un capitán vasco en Panamá, no podía ser enviada por correo. Eran tiempos difíciles, España estaba polarizada, Franco era una amenaza. Luis había ayudado a ubicar a varios exiliados españoles que huían de régimen franquista, tanto en Panamá como en Colombia. La comunidad vasca estaba unida y varias órdenes religiosas estaban dando un apoyo muy importante.

José le contaba que podía ser elegido lendakari. Sentía orgullo por él, pero también le preocupaba pensar qué tanto se estaba arriesgando, su esposa estaba embarazada. Pensó en el abuelo, en Bernardina. Luego sintió un remordimiento tremendo: «¿A cuánto sufrimiento los había sometido él con su partida?», se preguntó. José estaba haciendo algo por Euskadi, por su gente, él simplemente había seguido sus instintos, sus ganas de aventura. Retomó la carta, evaluó la propuesta y decidió que sí lo haría, aunque no tenía claro qué implicaba. Lo haría por su gente, por un mundo más justo.

Desde años atrás José estaba enterado de las actividades de su primo y del mito que había entorno a él. Historias contadas por terceros lo convirtieron un antihéroe en su tierra natal. Sin embargo, él conocía bien a Luis y sabía que no era un bandido. La propuesta la hizo porque estaba reuniendo el apoyo de todos los hombres de su confianza y también para darle a Luis la oportunidad de reivindicar su nombre.

La carta también mencionaba la tensión entre China y Japón, aunque aún no había sucedido ningún hecho bélico, se conocían las alianzas estratégicas de estos países y el riesgo que implicaba para el Pacífico. A Luis le pareció algo exagerado, sin embargo, estuvo vigilante en el Darién y el Pacífico de movimiento de barcos o la entrada de nuevas personas. Para iniciar, hizo una lista de los alemanes e italianos que vivían en la zona, no encontró japoneses, ni rusos. Con relación a los carmelitas sabía que entre sus curas había simpatizantes de Franco.

La información la pasaba a capitanes vascos que lo buscaban y le daban las indicaciones del próximo encuentro. Luis empezó a sentir fascinación por su nuevo rol. Se debatía entre contarle o no a Deyanira. Optó por no hacerlo, pensó que era mejor tener esa parte de su vida totalmente separada de su familia.

Por su parte Deyanira repartía sus días entre el cuidado de los niños, las tertulias con sus amigas y la creación de diseños con las telas que le llevaba su esposo.

Veía poco a Luis, ahora absorbido por su nuevo rol, y cuando se encontraban era una fiesta llena de regalos para todos y de historias para asombrar a los niños.

—Estoy embarazada —le dijo Deyanira a Luis pocos meses después de que él empezara a colaborar con el Servicio. Con la noticia del embarazo llegó otra buena noticia, José fue elegido como el primer lendakari vasco. Luis estaba jubiloso, era un reconocimiento a su carrera política y un lugar desde el cual podría hacer realidad muchos de los sueños de la mayoría de los vascos. Pero fue una alegría rodeada de nerviosismo por la amenaza franquista. Luego, la tensión dio paso a la angustia cuando estalló la guerra civil española.

En Europa se vivía una época turbulenta y llena de dolor. Bilbao sufrió un ataque franquista realizado con el apoyo de alemanes e italianos, y Luis temió por su familia, con razón. Parte de su familia murió en los bombardeos y los sobrevivientes estaban exiliados en Francia. Al mismo tiempo, el padre de Deyanira enfermó y pocos días después murió. Luis supo de la muerte de su suegro en Panamá. Cuando llegó a Fredonia se encontró con las mujeres de su familia desconsoladas y a Pedro Nel con la peor crisis de esquizofrenia que había tenido.

En medio de todos estos acontecimientos, llegó el nacimiento del tercer hijo de Luis y Deyanira.

—¿Lo podemos llamar Euskadi? —preguntó Luis. Ella sabía lo que él estaba sufriendo. A pesar de la distancia que había mantenido con su familia durante tantos años, él sentía el dolor de su gente. Ella aceptó el nombre propuesto para su hijo.

Después del ataque en Vizcaya gran parte de los civiles fueron llevados a Francia y desde allí los estaban repatriando, poniendo a muchos de ellos en riesgo frente al régimen franquista. Entonces se generó una oleada de exiliados que puso a prueba la red de apoyo que había en los países de América, esto aumentó el trabajo de Luis que usó toda su red de contrabando para ayudar a los españoles que llegaban. Esta situación absorbió todo su tiempo y energía.

Deyanira veía que se estaba distanciando de su esposo, lo sentía lejano. A ella la afectaba su ausencia. Lo veía a él con un interés impostado en los asuntos de familia, como si sus prioridades estuvieran en otro lugar.

Luis quería pasar más tiempo con su familia, pero lo tenía atrapado el compromiso asumido con su patria, eso le había dado un nuevo sentido a todo lo que él sabía hacer y lo disfrutaba. Era consciente de que podía pasar más tiempo en Fredonia con Deyanira y lo niños si se lo proponía, pero aparte de sus responsabilidades algo más lo frenaba. Había advertido que más allá de los regalos y las historias fabulosas que les contaba, no sabía asumir su rol de padre, pensaba que tal vez cuando los niños crecieran sería diferente y que podría conectarse más con ellos.

Para tranquilidad de Luis, el desequilibrio que vivía con su familia fue compensado con un mayor orden en sus labores de espía. El Servicio cada vez estaba más organizando, ahora Luis debía viajar a Bogotá a encontrarse con Patricio Aburuzaga, casualmente familiar de Juan. Él y su joven esposa, Elaia, estaba recién llegado, exiliados de Euskadi. Era un joven amigo del lendakari que, gracias a las relaciones de su familia, llegaba a trabajar en la Contaduría General de la Nación. Las funciones de Patricio en el Servicio Vasco de Información eran organizar la información de los colaboradores de Colombia y verificar que sus enlaces con los otros servicios estuviesen funcionando.

Deyanira, para acercarse a Luis, tomó una decisión difícil. Luego del nacimiento de Euskadi optó por radicarse en Santa Marta. Era un lugar al que Luis podía llegar más fácilmente y en el que a diferencia de Fredonia, realizaba actividades relacionadas con el comercio.

El cambio afectó radicalmente las rutinas de su familia. Para Andrés y Pilar quedaron atrás las mañanas en que, desde antes de salir el sol, estaban fuera de la casa, ayudando a ordeñar las vacas para tener la leche del día, acompañando al capataz de la finca a alimentar a los animales y luego subiéndose en cada árbol de guayabas del jardín. Las tardes en que les ensillaban los caballos y daban una vuelta llevados del cabestro por las mujeres que ayudaban en la cocina.

La estadía de la familia en Santa Marta duró cuatro años. Fue un tiempo que marcó de forma profunda e indeleble a Andrés. Luis se unió mucho a su hijo mayor, compartían todas las actividades que tenían que ver con los barcos y el mar. Andrés estableció una relación con el mar especial, era un marinero nato, como su padre. Siendo solo un niño Luis lo dejaba tomar el control de los barcos que salían para Turbo, frente a los ojos atónitos del resto de la tripulación.

Además, Luis encontró la forma de usar la turbulenta época que vivía España y la situación de los exiliados para contarle historias a su hijo que lo ayudaran en su formación política.

Pero la tranquilidad de la familia estaba por finalizar, el imperio que había construido Luis que le había ganado el apodo de Rey del Contrabando, era difícil de ocultar. Luis se vio acosado por las órdenes de captura en su contra. Para minimizar el impacto en la familia, Deyanira y los niños se trasladaron a la Ciudad de Panamá. Fue un cambio drástico y negativo para Andrés. Aunque vivían cerca del mar, el niño se vio separado de los barcos y de su padre. Llegaron a vivir en el barrio La Cresta, donde los únicos colombianos eran ellos y esta situación hizo que Andrés se involucrara en una pelea diariamente.

«¡Colombianito!, ¡ahí viene el colombianito!», le gritaban los niños a Andrés. Él se preparaba para pelear. Lo que desconocían sus contrincantes era que Andrés no asimilaba aún el cambio de ciudad ni la ausencia de su padre, de modo que esas riñas le daban la disculpa perfecta para sacar la rabia y la frustración que sentía. Pero lejos de apaciguar su ira, se volvía más agresivo. Las quejas del colegio se volvieron frecuentes. Deyanira intentó ayudarlo a cambiar esos comportamientos de todas las formas que se le ocurrieron. Pero cuando Andrés le rompió el brazo a un vecino, mientras el niño gritaba: «¡No más! ¡No más!» llorando de dolor, entendió que la situación se había salido de control y consultó con su esposo una solución posible.

Luis decidió enviar a Andrés a Colombia a un internado recomendado por los carmelitas. Era manejado por una orden de hermanos y estaba ubicado en Yanaconas, un lugar a las afueras de la ciudad de Cali, en la parte montañosa. Deyanira se opuso hasta el último momento, pero su esposo estaba decidido.

En Yanaconas, Andrés era «el panameño» y debió enfrentar la misma situación de acoso que en Panamá, teniendo a su favor un largo entrenamiento en darse puños con otros niños y una rabia que iba en aumento.

En el internado, Andrés soñaba despierto con las aventuras que le contaba su padre y con volver a estar a su lado en el mar. Hasta que un día decidió que no tenían por qué ser sueños y planeó su escape. Nadie en el internado esperaba que los niños huyeran, era un lugar estricto pero no una correccional, el plan de Andrés fue exitoso. Cuando le informaron a Deyanira lo sucedido, su corazón de madre no tuvo paz y decidió volver a Colombia.

Deyanira se estableció los siguientes años en Fredonia para estar cerca de Andrés y para ayudar a su familia. Pedro Nel cada vez se deterioraba más, Josefina no era la misma desde la muerte de Virgilio e Inés parecía muy frágil para manejar la situación. Deyanira se había acostumbrado a la vida social de la ciudad y la extrañaba, pero sentía que en ese momento su lugar estaba allí, además para los niños era el lugar perfecto.

En las cortas visitas de Luis a su familia, no había espacio para la intimidad de la pareja.

—¿Estás aquí? —le preguntó Deyanira a Luis una noche que lo vio con la mirada pérdida.

—Claro, ¿dónde más puedo estar? —contestó Luis, sorprendido.

Pero Deyanira tenía razón, Luis llegaba a Fredonia como quien debe cumplir, no parecía disfrutar el tiempo allí, solo estaba esperando el momento de irse. Con excepción de las comidas, en las que compartían con la familia y jugaba con los niños, el resto del tiempo lo pasaba al lado de Pedro Nel, en el segundo piso, en las mecedoras, los dos con la mirada ausente.

Deyanira empezó a viajar con frecuencia a Bogotá para mantenerse socialmente activa, y cerca de Patricio y Lorea. Patricio, sin dar muchos detalles, intentó contarle el apoyo que Luis estaba dando a Euskadi y al lendakari, sin revelarle que era un espía, para que Deyanira pudiera tener un contexto más amplio de lo que estaba sucediendo. Pedro por su parte trataba de mantenerla al día con relación a los encuentros con su esposo para que estuviera tranquila, todos notaban el distanciamiento de la pareja Gomiziaga Anduaga.

En una ocasión que Luis y Deyanira coincidieron en Bogotá ella trató de acercarse.

—Sé que tienes muchas cosas en tu cabeza —dijo ella, mientras agarraba la mano de él.

Se abrazaron, pero fue un acercamiento incómodo, de dos desconocidos. Deyanira salió a llorar: «¿Qué ha pasado?», se cuestionó. Luis se quedó sentado, sintiéndose profundamente triste, hubiese querido llorar, pero no le salían las lágrimas.

Deyanira no luchó más con la realidad, ella era la que debía tomar cada decisión y arreglar cada asunto de su familia. Se refugió en la vida social de Bogotá y en ser madre, no sentía que fuera esposa más allá de saber que estaba casada. Cada vez sabía menos en qué estaba Luis y los esfuerzos de Patricio para darle información de forma vaga terminaban por exasperarla más. El único tema que parecía unirlos era la situación de Andrés.

Con los meses, la distancia entre Luis y Deyanira parecía más. La situación empeoró cuando Luis viajó a un lugar en Bahía Solano donde pensaban construir un nuevo sitio de recolección de madera, lo recibió el líder del caserío, Aquilino, un hombre de casi dos metros de estatura, tan jovial y amable como alto. Luego de un buen rato de conversación definieron que Aquilino sería el encargado de recibir la madera y cuidarla mientras la recogían. Esa noche, Aquilino invitó a Luis para que comiera en su casa. Luis entró saludando a los presentes y vio cómo aparecía una mujer diosa, vestida de blanco, de tez cobre oscuro y pelo rojo. Era muy alta y se movía con la altivez y la agilidad de un felino.

—Luis, le presento a mi sobrina, Divina —dijo Aquilino.

—Mucho gusto, Luis —saludó el invitado, obnubilado por la belleza de la joven.

—Bienvenido Luis —contestó Divina.

Luis tuvo problemas para concentrarse en la conversación durante la comida, solo podía pensar en Divina, estaba seguro de que nunca había visto una mujer igual de hermosa.

Al día siguiente Luis tenía planeado salir para Juradó, pero decidió cambiar de planes y quedarse. Averiguó que la madre de Divina vivía en Buenaventura, era artista y que era hermosa como su hija. Que ella y Divina odiaban a los extranjeros porque su padre era uno que había llegado al Chocó con unos títulos mineros y que luego de prometerle a su madre el cielo y la tierra se devolvió para Holanda y nunca volvieron a saber nada de él. «Lo único que tiene del papá es el pelo y lo detesta», le dijo la esposa de Aquilino a Luis.

Luis no sabía acercarse a Divina, parecía que lo tenía todo en contra. La segunda noche, Luis se ofreció a cocinar, todavía tenía intactas las habilidades adquiridas en la cocina de Regina. Divina pareció impresionarse con que un hombre como él supiera cocinar y que quisiera hacerlo. Esa noche Luis se esforzó por contar sus mejores historias. Divina se rio toda la noche. «Así deben reírse las diosas», pensó Luis.

Al día siguiente Divina tenía que ir a Buenaventura a recoger un encargo que le tenía su madre, y Luis se ofreció a llevarla. Divina miró a Aquilino y él asintió, entonces ella se preparó para partir. En el recorrido que Luis hizo lo más despacio que pudo, conversaron todo el tiempo, Luis sentía que las barreras de Divina iban cediendo. En Buenaventura, Luis la esperó en el hotel Estación y se encontraron nuevamente al otro día para el viaje de regreso, antes de partir Luis la invitó a desayunar en el hotel.

—Aquí trabaja a veces mi mamá bailando y cantando —dijo Divina.

—¿Te gusta el lugar? —preguntó Luis, esperando una respuesta afirmativa. El hotel era una maravillosa construcción neoclásica.

—Muy blanco para mi gusto —contestó Divina sin inmutarse, mirando por los ventanales del restaurante que tenían vista al mar. Nada que la impresionara, se veía mejor desde su casa en Bahía Solano.

Luis no supo si ella no se refería al color de las paredes. No aguantó la tentación y le preguntó:

—¿También yo soy muy blanco?

Ella rió.

—Hasta ahora no, hay que esperar a que no seas muy extranjero —contestó mientras lo miraba.

Como le pasaba con María, ella lo dejó sin palabras.

El día de la partida, en el desayuno, la esposa de Aquilino le preguntó:

—¿Usted es casado, Luis?

—No, señora. Todavía no —mintió, mientras sentía que las palmas de las manos se le humedecían y la sangre se le subía a las mejillas.

Luis debía irse, pero les dijo que volvería en una semana, no tenía a qué, pero se inventó un motivo. En su vida únicamente habían existido dos mujeres, María y Deyanira. «¿Qué estoy haciendo?», se preguntaba atribulado.

1939 fue un año difícil que puso a Luis a prueba. Con la ocupación de Europa Oriental, las exigencias sobre los colaboradores del Servicio de Información Vasco aumentaron. El lendakari se declaró a favor de los aliados y el Servicio empezó a colaborar con la Office of Naval Intelligence y el Federal Bureau of Investigation. La preocupación de las oficinas de inteligencia, tanto en Europa como América por los movimientos de los contrabandistas aumentó: sus actividades eran puntos que fácilmente podían ser aprovechadas por los enemigos para transportar armas, mover personas y controlar territorios.

Para 1940 la información sobre la zona del Pacífico se volvió más relevante y de gran interés estratégico para los estadounidenses. Patricio, en quien había crecido una profunda admiración y aprecio por Luis, le presentó a Luis su nuevo contacto para los asuntos del Pacífico. El enlace era un agente encubierto de apellido McDown. Los siguientes encuentros del estadunidense y Luis se hicieron en Panamá, donde

McDown tenía base. A pesar de las extrañas circunstancias que los juntaron McDown y Luis se hicieron amigos. Luis se burlaba de la paranoia exacerbada de McDown, al que todo le parecía sospechoso, y el agente recibía las bromas con humor y disfrutaba el desenfadado talante del vasco.

Juntos identificaron militares, tanto del lado de Panamá como de Colombia, involucrados en el contrabando a favor de la Falange y del Eje, lo cual no sorprendía a ninguno. Luis llevaba casi dos décadas pagando sobornos a las autoridades de uno y otro país para pasar sus mercancías y sabía que ellos recibían el dinero sin preocuparse de los intereses que había detrás. Lo que sí sorprendió a Luis fue la relación de algunos diplomáticos y políticos que conocía socialmente con la causa del Eje. Eran personas que ni se imaginó podían apoyar las ideas locas y destructivas de la Alemania Nazi, la Italia de Mussolini o el Japón bajo la influencia del ministro de guerra Tojo, futuro Primer ministro del país. A McDown, un hombre taciturno y flemático que se destacaba por su delgadez extrema y palidez, ya no lo sorprendía nada.

Pero el evento más grave estaba por suceder, el lendakari que había tenido que exiliarse en Francia, había quedado atrapado en París cuando la ciudad fue ocupada por los alemanes. Volvieron a tener noticias de él cuando logró escapar y refugiarse con los jesuitas en Bruselas. Allí el cónsul panameño, amigo de Luis, lo ayudó a conseguir un pasaporte falso que le permitió pasar a Berlín y finalmente, a Suecia, desde donde viajó hacia Río de Janeiro un año después. Pero este favor tendría un costo para el Servicio de Información Vasca en Panamá.

Adicional a las tensiones de la Segunda Guerra Mundial que Luis sentía en sus labores con el Servicio, el negocio de la madera estaba enfrentando problemas. John no estaba contento, había solicitado una reunión con Lorea, el Lazarillo estaba renegociando los precios de la madera a sus espaldas, con sus contactos.

Los socios consiguieron hacer la reunión en Bogotá, fue tensa, Luis no había visto tan molesto a John, acusaba al Lazarillo de tratar de sacarlo del negocio y de deslealtad. Lorea mantuvo la compostura todo el tiempo, pero no podía disimular que estaba sorprendido. El Lazarillo hizo un llamado a la cordura y les recordó que todos estaban ganando una buena cantidad de dinero.

Tuvieron que parar la reunión para que se calmaran los ánimos. Lorea abordó a Luis:

—¿Tú qué piensas?

—Conozco a John desde hace muchos años, desde que yo era más joven que tú —respondió Luis, preocupado por el tono de la reunión—, y es un hombre en el que se puede confiar plenamente.

Lorea quedó pensativo: «¿Estará el Lazarillo tratando de traicionarnos?», se preguntó. Por su parte John no salió tranquilo de la reunión:

—Ese no es de confiar —le dijo a Luis, refiriéndose al Lazarillo.

Luis volvió a Bahía Solano, habló con Aquilino y le explicó lo importante que era mantenerlo al tanto de cualquier movimiento que considerara fuera de lo normal, especialmente de personas, así fueran conocidas, que no estuvieran en el momento jugando un rol en el negocio de las maderas y que aparecieran preguntando al respecto. Confiaba en el instinto de John, era posible que el Lazarillo los estuviera traicionando a todos, incluido Lorea.

Luis aprovechó el viaje y se quedó varios días. Cada espacio que Divina se lo permitió se acercó a hablar con ella, la prevención de Divina fue cediendo cada vez más, no ocultaba que Luis le parecía un hombre entretenido y simpático.

—¿Por qué no te has casado? —preguntó ella. Él pudo haber dicho que era un hombre separado, mentir parcialmente, no negar que tenía hijos, pero por algún motivo quiso parecer un hombre sin mucho equipaje, con un pasado simple.

—Por esta vida que tengo, que llevo, es muy difícil tener una familia —dijo.

—¿Pero sí te gustaría?, ¿quisieras hijos? —insistió ella.

—Me encantaría tener hijos —contestó él.

Como un actor que entra en su papel, Luis empezó a creer cada cosa que le contaba a Divina, dejó de sentir que estaba mintiendo y se convenció de que esta nueva historia hacía parte de su otra vida.

Las visitas de Luis a Bahía Solano se volvieron frecuentes en los meses siguientes. Divina se descubría mirando hacia el mar, esperando ver el bote de Luis. Las familias del lugar lo querían. Como era habitual para él, en cada viaje llevaba regalos para todos, especialmente cosas de utilidad para los niños y las mujeres. Poco a poco el aventurero se metió en el corazón desconfiado de Divina.

—Tú no me engañarías, ¿verdad? —preguntó ella.

—No, claro que no —dijo él.

—Si tú me engañas, yo te saco de mi vida —lo amenazó ella. Él no respondió. Se fue acercando, la rodeó con los brazos y la besó.

Esa noche Luis le pidió permiso a Aquilino para vivir con Divina. Para Aquilino la solicitud no fue una sorpresa. Al otro día empezaron a construir la casa, ella estaba feliz, se pasó el día hablando con sus amigas del beso y las jóvenes que estaban casadas le daban consejos para su primera noche.

Luis volvió a Bogotá. Cuando se encontró con Deyanira, sintió culpa por primera vez en los muchos meses que llevaba viviendo la ilusión de ser un hombre soltero. Pero inmediatamente Deyanira lo abordó con una noticia que los tendría ocupados varios días. Andrés se había escapado, algo que ya había pasado varias veces, pero esta vez era diferente. Habían pasado dos días y no tenían noticias de él. El joven no soportaba el internado. En cada huida lograba llegar un poco más lejos, pero eventualmente era localizado y devuelto a lo que él consideraba un sitio de encierro. El internado era un sitio gélido y húmedo que Andrés odiaba. Quedaba solo a cuarenta minutos de Cali, a donde cada ocho días bajaban para algún plan cultural. Andrés empezó a idealizar esa ciudad soleada, cálida y burbujeante que contrastaba tanto con el ambiente del internado. Sin embargo, su meta no era quedarse allí, su plan era llegar al Chocó a buscar a su padre. Luis enloqueció con la noticia. Hablaron con cada contacto que pudiera ayudarlos a encontrar a Andrés. Finalmente, tuvieron noticias de él, se había embarcado en Buenaventura. Uno días después, con una gran red de personas en la búsqueda, lo encontraron.

Para Andrés navegar era tan natural como respirar, no le temía al mar en ninguna de sus formas. La experiencia de llegar a Chocó por sus propios medios se convirtió en la mejor de su corta vida. Pensar en vivir algo similar cada día de su vida se volvió para Andrés un aliciente para soportar el internado.

—El lendakari salió de Buenos Aires para Nueva York —le contó Patricio a Luis. Era octubre de 1941.

—Ya puede estar más tranquilo, después de todo lo que debió pasar —dijo Luis sintiéndose más liviano.

Luego de la buena noticia revisaron los temas que tenían pendientes y al terminar Patricio le informó a Luis que McDown necesitaba hablar con él.

—Dice que es urgente y que viajes a verlo lo más pronto posible. —Los dos vascos estaban enseñados a ese tipo de llamados del estadunidense. Periódicamente algún evento le disparaba la paranoia.

—Esta vez siento que es algo diferente a sus locuras — insistió Patricio, frente a la cara de incredulidad de Luis.

Luis viajó lo más pronto que pudo a Panamá y buscó a McDown, estaba más delgado que la última vez que se habían visto.

—Hombre, te vas a desaparecer —dijo Luis.

—No me he sentido bien —contestó McDown visiblemente débil—. Luis te llamé de urgencia porque necesito tu apoyo en Cuba —continuó.

Luis lo miró, por la forma en la cual habló McDown parecía un asunto más serio que de costumbre. Luis recibió las instrucciones de lo que debía hacer en la Isla, sin embargo, estaba inquietó, solo le habían dado la información operativa, nada estratégico. Tenía información a medias, solo unas instrucciones escuetas. De acuerdo a lo conversado McDown debía permanecer en Panamá hasta la fecha del viaje a La Habana, el lugar donde cumpliría la operación: entregar dos botellas de ron al contacto. Suponía que la entrega era algo diferente a lo que parecía. Pero no preguntó que contenían las botellas, sabía que McDown, si estuviera autorizado, ya se lo hubiera dicho.

El viaje lo realizó a los pocos días. Dejó el barco lejos del muelle, sus amigos de los viejos tiempos lo recogieron en un bote con motor por fuera de borda, él se subió y al llegar al muelle vio que lo esperaba un conocido en un taxi. Se saludaron efusivamente, aliviados de verse trabajando en la misma misión. Recorriendo las calles de la ciudad, recordó sus buenas épocas en esos lugares. Sintió no poder ver Amelia. Pensó en María: «Como si mi vida no estuviera suficientemente complicada ya», se dijo a manera de regaño.

Luego de un recorrido por la ciudad llegaron a la casa que era su destino. Salió una mujer, recibió las dos botellas de ron que le entregó Luis y entró nuevamente a la casa. Luis volvió al muelle, había un muchacho haciendo de campanero, debía avisarle si alguien salía de la casa, nadie salió de la casa en los dos días que debía permanecer en la Isla. Luis volvió al barco y se devolvió para Colombia. Eso era todo. «Algo que pudo hacer cualquier mensajero», pensó Luis.

Pero cuando llegó a la Guajira se enteró de la noticia: se había hecho un golpe de estado a Arnoldo Arango, presidente de Panamá. Se decía que estaba en Cuba visitando una vedete y que se encerró en su casa dos días. Que estaba en tan mal estado que cuando su gente fue a informarle lo que estaba pasando él no reaccionó, lo tuvieron que hospitalizar. Cuando se recuperó, de lo que para todos era una descomunal borrachera, ya la oposición estaba organizada en el poder. Ahora estaba pidiendo asilo en la Isla. Luis comprendió que con esa misión pagaba el favor que le hizo el entonces cónsul de Panamá emitiendo un pasaporte falso para su primo y facilitando su huida de Berlín a Suecia, para finalmente viajar a América.

Luego de la misión en Cuba, viajó a Bahía Solano, estar con Divina lo tranquilizaba, ella lo estaba esperando ansiosa. —Estoy embarazada —dijo ella, casi sin poder contener la emoción. Él se alegró y celebró por ella. Cada día se enamoraba más, el embarazo la hacía brillar, Luis no podía dejar de mirarla. Ella por su parte se entregó totalmente a la relación y a él, dejando de lado sus desconfianzas y mostrando toda su ternura.

Pero la primera semana de diciembre Luis tuvo que volver a Bogotá, Japón había atacado Pearl Harbour en las islas Hawái, ahora Estado Unidos había entrado en la guerra. La colaboración del Servicio de Información Vasca se volvió más fuerte con Estados Unidos y con el *MI6*, el Secret Intelligence Service británico.

Semanalmente, Luis se sentaba a escribir un reporte muy detallado de la información que recibía en ambos océanos, estaba comprometido con su labor, sentía que estaba haciendo algo por su país, que ayudaba a su primo y que aportaba para que la guerra terminara más rápido. Patricio le pedía que fuera más resumido en sus informes y Luis se sulfuraba, pensaba que cada pedazo de información que él aportaba podía ser importante y que era mejor tenerla, ya que omitirla podía dejarlos sin algunas pistas que podían cobrar relevancia en el futuro.

—Sí, Luis, pero treinta páginas cada ocho días me parece exagerado. Pueden ser informes más cortos. —Se quejaba Patricio en tono conciliador para que entrara en razón.

—Ya te dije que no, hombre. La información que contienen los informes es toda relevante —contestaba Luis y cerraba la conversación sobre ese tema.

Llegaron las vacaciones de mitad de año. Deyanira y Luis se encontraron en Fredonia. Contrario al ambiente relajado que facilitaba el descanso y ayudaba a olvidar las preocupaciones, la pareja se enfrentó al desencuentro y la tensión. Deyanira percibía cada vez más ausente a su esposo y Luis que siempre sentía poder manejar cualquier situación, estaba en un momento en el que la vida lo desbordaba. Andrés estaba frustrado por la negativa de su padre a llevarlo al Chocó durante las vacaciones. Por otra parte, encontraron a Pedro Nel muy desmejorado y una Inés que a duras penas parecía soportar la carga. Josefina, después de los años, seguía de luto por su esposo y su vitalidad usual se iba extinguiendo.

La familia no era lo único que no estaba funcionando bien en la vida de Luis. El negocio del contrabando iba creciendo sin control de su parte. Había delegado funciones que siempre consideró prioritario manejar personalmente. La concesión maderera, de la que él estaba desentendido, funcionaba gracias a Aquilino. Él estaba concentrado en el Servicio de Información y en Divina, quien estaba por tener el bebé. Sin embargo, luego de unos días en Fredonia Luis fue cambiando y tomó conciencia del abandono en que tenía a Deyanira y a los niños. Luis quería quedarse con su familia, veía en los ojos de Andrés la necesidad de estar con él. Pero no fue posible. Recibieron un telegrama de Juan contándoles que Regina había muerto. Luis, Deyanira y Andrés, viajaron a Santa Marta, donde trataron de dar algo de sosiego a Juan que estaba desconsolado. Pero otra noticia importante interrumpió la estadía de Luis con Juan. Un colaborador lo buscó para informarle que Divina estaba por dar a luz. Luis inventó una excusa y dejó a Juan en compañía de Deyanira y Andrés. Cuando llegó a Bahía Solano, la bebé, a quien llamaron Regina, ya había nacido.

Luis se quedó cuidando a Divina. La partera le dio indicaciones, unas hierbas y le explicó lo que debía comer la nueva madre.

—Igual aquí voy a estar yo, ya que la mamá de ella no sirve para esto —dijo la esposa de Aquilino, preocupada porque un hombre cuidara a Divina en ese periodo tan delicado. Luis entendía y respetaba las tradiciones, pero no pensaba ceder, quería disfrutar a su bebé y su mujer. Las instrucciones de la partera lo sorprendieron, pero igual las siguió al pie de la letra, la esposa de Aquilino se asombró porque el español hizo una buena labor cuidando la "dieta" de Divina.

Fueron quince días que Luis disfrutó. Se sentía conectado con la bebé y con Divina. En las noches se preguntaba en qué se había convertido su vida y qué, de todo, valía la pena.

Luego, cuando Deyanira y Andrés volvieron a Fredonia fue a encontrarse nuevamente con ellos. Disfrutó el tiempo que quedaban de las vacaciones de Andrés compartiendo con él y sus otros hijos. Gozaba viendo a Josefina, era otra cuando estaba con los niños, se llenaba de energía y vitalidad. Dedicaba sus tardes a sentarse al lado de Pedro Nel y en las noches jugaba con los niños y les contaba historias, a Deyanira la evitaba.

Una noche, pocos días antes de finalizar las vacaciones, Luis estaba en las mecedoras del segundo piso con Pedro Nel. Cuando él se fue a dormir, Luis permaneció sentado mirando las montañas. Deyanira subió y se sentó a su lado, le tomó la mano y permaneció en silencio. Fue un silencio cómplice que derribó la pared que habían construido entre ellos. Con la mirada hicieron una tregua y volvieron a ser tan íntimos como antes. En los días siguientes, él olvidó todo lo que estaba pasando en su vida y cada uno disfrutó la compañía del otro. Ninguno quería que las vacaciones terminaran y que la realidad los atrapara, pero llegó la época del colegio, los llamados de McDown, las preocupaciones de John, las obligaciones con Divina, y cada uno volvió a su realidad: al mundo que había construido sin el otro.

En 1942, los informes de Luis daban cuenta de elementos de la Falange y de miembros del Eje en el Chocó, confirmando la llegada de armas y explosivos para los países de Suramérica que posiblemente entrarían en la guerra a favor del Eje. Asimismo había relacionado sacerdotes y diplomáticos con la Falange. Luis era considerado una fuente de alto valor y de gran confiabilidad, Patricio no volvió a insinuarle que resumiera sus informes.

Sin esperarlo ese año se convirtió en el más simbólico para el Servicio en Colombia. El lendakari inició una gira por América. Para Luis, significaba ver a su primo después de muchos años. No sabía que su primo iba a negociar las órdenes de captura en su contra.

Todos estaban emocionados, Luis esperó con ilusión el día de la reunión social en Bogotá en la que se encontraría con su primo. Había tratado de vestirse lo más formal posible, algo difícil para alguien que ha pasado gran parte de su vida en las selvas y en un bote. Extrañaba a Deyanira, ella lo hubiera mandado vestido de una forma más decente, pero el invierno no le había permitido salir de Fredonia por un derrumbe en la carretera.

Patricio y Luis llegaron juntos al lugar donde se realizaría el evento, se veían felices. Estaba la colonia vasca en pleno, buscaron sus lugares y esperaron impacientemente. Parecían dos niños que llevan por primera vez al cine.

De pronto anunciaron la llegada del lendakari. Se siguió el protocolo, y cuando por fin Luis y José pudieron saludarse hubo un gran abrazo y ninguno pudo contener las lágrimas, había pasado tanto tiempo, tantas cosas. Tuvieron que hablar un momento de sus familias, de sus asuntos personales, para luego dar paso a lo demás.

—He conseguido que retiren todas las órdenes de captura que hay contra ti —dijo José—. Y se hizo un nuevo acuerdo de colaboración con el Servicio de

Información que te beneficia. Patricio te contará, mañana tiene reunión con los enlaces en la embajada norteamericana —continuó.

Cuando la velada terminó la despedida fue difícil, sabían que posiblemente no se volverían a ver, los primos se dieron un fuerte e interminable abrazo.

Después del encuentro con José, Luis empezó a ver el contrabando como un problema, quería hacer un cambio, pasar a una vida que le permitiera dejar un legado más claro a sus hijos. «¿Cómo puedo hacerlo?», se preguntaba. Su quinto hijo, el segundo con Divina, venía en camino, nacería en cualquier momento de octubre. Quería ser un mejor padre, pero se sentía atrapado en una jaula que él mismo había construido. Disfrutaba la aventura, había aprendido a disfrutar del poder, pero eso lo había alejado de Deyanira, de sus hijos. No quería alejarse de Divina, sentía que estaba a tiempo de construir una relación duradera con ella. Pero no estaba seguro de que el negocio de la madera produjera lo suficiente para mantener el nivel de vida que llevaba la familia, y seguir asumiendo todas las responsabilidades que tenía. Sin embargo, decidió hablar con Deyanira.

—Me quiero salir de esto —dijo.

—¿Cómo hacemos? —respondió Deyanira, con camaradería. Pensaba que si Luis se salía del contrabando lo recuperaría para ella y para los niños.

—Tengo que organizar los gastos —continuó Luis—. Sin órdenes de captura las cosas son más fáciles —resaltó Luis. Con el apoyo de Deyanira no tuvo dudas sobre el camino que debía seguir. Por el contrario, al tiempo, Deyanira sí las tuvo. Trató de imaginarse a su esposo asumiendo una vida más tranquila, no logró hacerlo. Por su parte Luis cuando habló con Patricio sintió posible su cambio. El Federal Bureau of Investigation, con el que de manera formal el Servicio de Información Vasco se comprometía a vigilar a los agentes del Eje y a los comunistas, le pagaría al Servicio un asuma importante de dinero que usarían para pagarle a los agentes que, como Luis, habían sido reclutados antes del inicio de la Segunda Guerra Mundial y que no estaban recibiendo ninguna contraprestación por su servicio.

Al tiempo Luis recibió un paquete de manos de Patricio de parte del lekandari. Era el libro que había escrito José narrando la experiencia del exilio. Se sintió orgulloso. En la contraportada estaba escrita la dedicatoria, le hablaba primero como lendakari, agradeciendo su servicio, y luego como su primo. Significaba mucho para él en ese momento de cambio, estaba organizando su salida del contrabando. Ajustaría su presupuesto a las ganancias que dejaran las maderas y lo que recibía del Servicio.

Primero, habló con John, quien después de hacer muchas bromas al respecto, dudando de la capacidad de su alumno, colega y amigo para mantenerse en el camino recto, le manifestó su apoyo. Luego, le contó a Juan y finalmente, viajó a Bahía Solano y se lo dijo a Divina. Ahora tendría que pensar cómo hacer su salida sin herir susceptibilidades. Los que estarían más preocupados serían aquellos que recibían ingresos por colaborar de alguna forma: dejar entrar la mercancía o transportarla, y que tendrían problemas para formar parte de otra red.

Luis hizo una lista de todas las personas de Panamá, y desde Santa Marta hasta Buenaventura que se relacionaban con él y que recibían beneficios del contrabando. La lista incluía desde lancheros, capitanes de barco, policías, agentes de aduana hasta políticos y reporteros. Sin mencionar las comunidades que él trataba de mantener bien, como algunos de los kunas, los emberas dódiba, comunidades negras y religiosas. Pensó que llevaba dos décadas erigiéndose como el rey del contrabando y que ahí estaba tratando de abdicar.

En octubre de 1943, nació la segunda hija de Luis y Divina, Luisa. Divina se empeñó en que tuviera el nombre de su padre. Luis se sentía más enamorado cada día de Divina, le costaba mucho trabajo salir de la paradisiaca Bahía Solano, donde tenía el mar de un lado y un río cristalino del otro. Una comunidad amigable con una filosofía profunda y conectada con la tierra, el mar y la espiritualidad, donde cada cosa tenía el lugar que le correspondía. Se trabajaba para tener lo básico materialmente, y se vivía para disfrutar al máximo lo trascendental. No obstante, en diciembre organizó sus asuntos para pasar unos pocos días con Deyanira y los niños en Fredonia. Andrés no se despegaba de su lado, y cuando llegó el momento en que su padre debía partir, demandó ir con él. Para Luis que había salido de su casa a los diecisiete años, era difícil hacerlo entrar en razón, no sabía cuáles argumentos darle y los que le planteaba no sonaban convincentes. Luis partió y Andrés se quedó más rebelde que antes, tomando decisiones definitivas sobre el futuro de su vida. Deyanira e Inés lo miraban preocupadas, había algo en él de la manera irreverente de ser de Luis y también algo de la irracionalidad de Pedro

Nel. A este último, aunque cada vez más afectado por la esquizofrenia, no había manera de ganarle en una argumentación, era preciso y contundente como un escorpión, igual era Andrés.

Andrés, al igual que todos, cuando estaba preocupado pasaba horas en las mecedoras del segundo piso. Fue allí donde resolvió su destino. No seguiría en el internado, era una decisión tomada, solo quería estar con su padre. El joven compartió sus preocupaciones con Pedro Nel, quien estaba entrando en crisis y todo el tiempo hablaba de las teorías más disparatadas sobre la vida. Teorías que eran una mezcla de sus pensamientos, sus vivencias, las historias de su familia y los cientos de libros que había leído. Dentro de su verborrea e incoherencia abaló el plan de fuga que le participó Andrés. Para el joven con recién cumplidos catorce años fue más que suficiente, contaba con el apoyo y el beneplácito de su tío. No se iría desde Fredonia, sería muy duro para su madre, esperaría a entrar al internado y, una vez allí, se escaparía. Pensaba que tenía a su favor el haber estudiado muchas veces la ruta para llegar a Juradó y que en los últimos seis meses se había estirado, estaba más alto que su padre, y ya no se veía como un niño.

Por su parte Deyanira no notó las señales de alerta en Andrés. Estaba preocupada por Luis, lo percibió particularmente distraído e intranquilo.

—Es algo poco común en él —le dijo a Inés.

—Sí. Él siempre parece tenerlo todo bajo control —respondió ella.

Deyanira siguió preocupada por él, comprendía que salirse del contrabando podía ser más peligroso que mantenerse en él.

Luis, una vez llegó al Chocó, empezó a recibir nuevamente información respecto a la presencia de la Falange y del Eje en el Pacífico.

—Están poniendo antenas en varios puntos muy cerca de las suyas —le dijo un colaborador un día. Luis estaba seguro de que eran nazis. Otro día un muchacho de Nabugá lo buscó: —Sería bueno que fuera a Nabugá, allí unas bogas dicen que cuando salieron a pescar se encontraron un submarino —le dijo.

Luis fue, buscó a los pescadores y ellos le confirmaron la historia. También le dijeron que unos días después, las mujeres, cuando estaban buscando chipichipis, vieron una lancha llena de extranjeros, pero que no eran mineros, eran militares. Luis creía en la presencia de esos militares, pero faltaban pruebas para asegurar en un informe que eran del Eje, podían ser estadounidenses. Siguió averiguando hasta que dio con los guías.

—Hablaban alemán. —Confirmó uno de los guías con seguridad porque hablaba algo de ese idioma, lo había aprendido con los ingenieros de una compañía de Düsseldorf que tenían concesiones mineras en la zona. Luis redactó el informe y lo envío a Patricio, también hizo buscar las repetidoras de radio y las mandó a derribar, nadie reclamó, lo que le confirmó su hipótesis.

Después de ese informe, siguieron apareciendo pescadores contando que se habían encontrado con submarinos. También en algunos caseríos habían visto lanchas rápidas en los ríos, llenas de extranjeros que parecían militares. Para completar, empezaron a instalar nuevamente las repetidoras de radio y nadie tenía conocimiento de quiénes eran.

—McDown te va a presentar el agente que será tu nuevo enlace. Lo relevaron de sus funciones —le dijo Patricio a Luis en un encuentro que convocó con carácter urgente.

—¿Y qué pasó con él? —preguntó Luis, preocupado.

—Parece que está muy enfermo —respondió Patricio. Luis quedó intranquilo, sentía aprecio por McDown. Ahora comprendía que su apariencia era el reflejo de algo que no estaba bien en él. Se sintió mal por haberle hecho tantas bromas respecto a su delgadez.

Luego Luis se concentró en los temas de la reunión. Patricio le informó, no oficialmente, que a alguien de alto rango, pero no le habían dicho a quién, sus informes le estaban molestando y que los estaba tachando de infundados y llenos de información falsa y exagerada. Luis se llenó de ira, cómo era posible que dudaran de sus reportes. Patricio trató de calmarlo, lo que logró a medias, no quería adelantarse, pero creía que alguno de los agentes que recibían los reportes, no sabía de cuál de los servicios de información, estaba cubriéndole la espalda al enemigo. Luis salió de la reunión muy irritado, no pudo sacudirse el fastidio que le producía esa falta de claridad frente a su rol y las dudas alrededor de sus aportes.

Después de la reunión con Patricio Luis viajó a Panamá y se encontró con McDown, estaba hospitalizado.

—¿Qué te pasa? —preguntó Luis.

—Me estaban envenenando, de a poquitos. La situación es grave, los médicos no me dan muchas expectativas de vida. Me quedan unos pocos meses, los cuales dicen que debo estar aquí —respondió él.

Luis no sabía qué decir, le parecía increíble lo de McDown, tal vez era solo producto de su exacerbada paranoia y encontraba más fácil explicarse que se había enfermado gravemente con esa historia. Por su parte McDown conocía a Luis, sabía que era un hombre ingenuo y que dudaría de lo que le estaba contando.

—Por favor, ten cuidado Luis, están pasando cosas. Ten cuidado —insistió McDown.

—¿Qué cosas? —preguntó Luis, recordando su conversación con Patricio.

—Es dentro de la organización, solo sé eso —contestó McDown.

No pudieron seguir la conversación, en ese momento llegó el nuevo enlace de Luis para Panamá. Era totalmente opuesto a McDown. Era un hombre jovial, robusto, con la cara roja y siempre sudorosa.

Luis visitó a McDown en el hospital durante los siguientes meses en cada uno de los viajes que realizó a Panamá, hasta el día que McDown murió. Luis lo distraía, le cambiaba el tema y lo divertía con sus historias, siempre había cosas nuevas por contar. McDown disfrutaba las visitas de Luis, era un hombre solo, sin familia. McDown quería retribuirle a Luis que lo tuviera entre sus prioridades, por eso lamentaba no tener más información para que Luis supiera de qué tenía que cuidarse. Poco después de la muerte de McDown Luis se encontró con otra mala noticia.

—Luis, la esposa de John ha tratado de contactarse contigo, es urgente —le dijo un capitán cubano cuando llegó al puerto de Ciudad de Panamá. Luis la llamó, John llevaba días desaparecido, nadie daba razón de él, ni sus socios, ni amigos, ni familiares. Luis empezó a buscarlo. Nunca había pasado, si bien John estaba en constante movimiento entre varios países, siempre había un socio, un colaborador o un familiar que podía dar razón de él. Pasó un mes y John no apareció.

Y mientras todos estaban preocupados por John, El Lazarillo envío a Lorea y a Luis un telegrama informando que estaba inquieto por la madera y que había conseguido un nuevo socio que se encargaría de entregarla a los compradores en Europa. Luis enfureció, le pareció que se había tomado atribuciones que no le correspondían y que era algo desleal con John y con su familia. Lorea y él trataron de reunirse con el Lazarillo y manejar el asunto personalmente, pero el Lazarillo se encontraba en Europa y no pensaba viajar a Colombia próximamente.

Deshacer el trato pactado por el Lazarillo no era posible, lo había hecho en nombre de Lorea y la situación hubiese causado más problemas. Lorea estaba preocupado, ahora estaba seguro de que algo raro estaba pasando. Mantendría el trato con los nuevos socios, pero finalizaría su relación con el Lazarillo. Luis tuvo que tragarse su indignación, el negocio de la madera era su puerta de salida del contrabando, el dinero que le daba el Servicio se iba en pagar a los colaboradores que pasaban información. Además, él sabía que su contribución al Servicio era algo momentáneo, esperaba que la guerra acabara pronto.

Luis viajó a Bahía Solano para tratar de tranquilizarse. No asimilaba la situación turbia que estaba viviendo, solo encontraba sosiego con Divina y sus dos niñas. Quería pasar tiempo con Pilar y Euskadi, pero la situación con Deyanira era tan ambigua, no por ella, por él, que el ambiente se llenaba de tensión y él sentía que iba a explotar.

Seguía con su plan de dejar el contrabando, pero no sabía cómo, en el fondo creía que conservar esa ilusión lo hacía sentir más liviano. Se sentía pesado, cargado: «¿desde cuándo?, ¿cuándo había empezado a preocuparse más que disfrutar?, ¿era la guerra?, ¿era por el engaño a Deyanira y Divina?», dejó de preguntarse, no quería pensar en que estaba traicionando a las dos mujeres que amaba, las madres de sus hijos. Estaba en un punto sin retorno, tendría que cargar con esa mentira siempre. Cargar, como las mulas que llevaban la mercancía por la cordillera, solo que él no descargaba, siempre iba pesado. Suspiró. Tantas cosas buenas construidas a partir de tantas acciones ilícitas, ¿valía la pena? Mientras tuviera a Divina, a Deyanira, a sus hijos y la posibilidad de navegar por esas costas y esos ríos, todo estaría bien. Amaba ese lugar y su gente. En ese momento llegó Regina y lo sacó de sus pensamientos, lo agarró de la mano y lo llevó, explicándole con su media lengua que iba a mostrarle unos pollitos recién nacidos.

⊠

Detrás de la Leyenda hay Solo un Hombre

—Dios mío. No está —le dijo el hermano al rector, luego de percatarse de una nueva fuga de Andrés.

—¿Cómo pudo haber salido sin que nadie se diera cuenta? ¡Ese muchacho es nuestra responsabilidad! —gritaba el rector al tiempo que iba prendiendo las luces de los dormitorios y las aulas. Comprobó que Andrés no se encontraba en el plantel. El rector reunió a todo el personal—. ¡Es imposible! Alguien tiene que haberlo visto —repetía fuera de sí—. Es nuestra responsabilidad.

Cada uno de los interpelados daba su versión y explicaba detalladamente cuándo había visto por última vez a Andrés. Sus intervenciones eran interrumpidas y eran callados bruscamente si querían compartir sus teorías con relación a cómo creían que Andrés había logrado salir sin ser visto.

—Es que aquí tenemos puertas y tenemos llaves, hemos tomado medidas para que no volviera a pasar —dijo el rector.

Volvió a solicitar a aquellos que tenían llaves de alguna puerta de salida que recordaran si en algún momento la habían prestado o perdido. De pronto notó que sin importar a quien pidiera explicaciones, una profesora de primaria, una mujer joven, —«Muy bonita para ser novicia», pensaba él—, se sonrojaba sin excepción. La analizó por un momento, luego agradeció a todos, he hizo quedar a la directora de disciplina y a la profesora. No fue necesaria mucha presión para que ella confesara que había ayudado a Andrés a salir con una copia de una llave de la puerta de la cocina que había sacado hacía un par de meses.

—¿Cuál es su relación con el alumno? —preguntó con mirada de halcón la directora de disciplina. La profesora se ruborizó más.

—Es suficiente, ya sabemos qué pasó y cómo, también para dónde va. El hermano Ramón lo va a buscar en Cali, aunque ya debe ir más lejos —dijo el rector—. Hay que avisarle a la familia —dijo y dio por finalizada la reunión. Lo último que necesitaba era otro escándalo.

Andrés llegó a Buenaventura y se embarcó hasta Juradó, donde creyó que encontraría a su padre. Una vez en Juradó, uno de los colaboradores lo llevó donde los curas, quienes lo acogieron hasta que Luis llegó. Luis miró a Andrés y vio en ese joven de catorce años la capacidad de decisión que él había tenido a los diecisiete, sabía por experiencia que no tenía ningún sentido obligarlo a volver al internado, pero tampoco quería exponerlo a estar con él todo el tiempo, estaba sintiendo el peligro del cual le había advertido McDown.

—¿Quieres estar aquí conmigo? —preguntó Luis, aunque ya sabía la respuesta.

—Sí papá —respondió Andrés con los ojos muy abiertos y lleno de expectativas.

—Está bien. Lo primero que debes hacer es conocer bien la zona. Vamos —le dijo.

Y emprendieron camino hasta el caserío de los emberas dódiba. El jaibaná ubicó a Andrés en un tambo y le dio una inducción básica de cómo comportarse con la comunidad. Andrés estaba feliz, pero su estado de ánimo cambió drásticamente cuando su padre le informó que se iba.

—¿Te acompaño? —preguntó Andrés sin disimular su decepción.

—Cuando la zona sea más familiar para ti —respondió Luis.

Andrés canalizó su frustración aprendiendo a navegar muy bien el río Atrato y manteniéndose cerca del jaibaná para aprender a defenderse en la selva. A las semanas de haber llegado, pasó un grupo de ingenieros que se dirigían a una concesión minera y quedaron asombrados de ver entre los emberas a un joven que parecía formar parte de ellos, pero rubio y de ojos azules.

Mientras Andrés trataba de dominar la geografía y la naturaleza del Chocó para poder acompañar a su padre, Luis estaba absorbido por la información que estaba recibiendo sobre la presencia de submarinos alemanes en la zona. Ahora, la mayoría de la información le indicaba que estaban del lado del Atlántico. Luis reportó la situación.

Pocos días después de que Patricio enviara el informe de Luis en el que reportaba la presencia de submarinos del Eje en ambos océanos, el Servicio decidió relevar a Luis de sus funciones. Patricio tuvo que citar a su amigo para darle la mala noticia, pero no sabía cómo empezar la conversación. Corría marzo de 1944.

—¿Qué pasa hombre? —dijo Luis, exasperado por la espera.

—Te retiraron del Servicio, Luis —dijo al fin Patricio, acongojado. Los dos se quedaron en silencio analizando la situación.

—No entiendo —dijo Luis.

—Yo tampoco —repuntó Patricio y nuevamente se quedaron en silencio.

—¿Cuál es el motivo por el que me retiran del Servicio?

—Por ser una fuente poco confiable.

—¿Cómo?, ¿pasé de ser una fuente altamente confiable a un mentiroso? —preguntó Luis, decepcionado.

Después de un rato Luis le contó a Patricio lo que le había dicho McDown en el hospital, para Patricio fue claro en ese momento que quien estaba pasando información era un agente del Federal Bureau of Investigation.

—¿Por qué no me habías dicho? —reclamó Patricio.

—Me negaba a creer que era verdad, una parte mía pensaba que era la paranoia de McDown, decía que lo habían envenenado —respondió Luis.

Patricio palideció, como le había pasado a John, a Genaro y McDown, no podía creer que Luis fuera tan inocente. Luego, visiblemente preocupado y enojado le dijo:

—Luis, yo creo que estás en riesgo. Voy a tratar de averiguar algo con el Servicio Secreto Británico.

A finales del mes Patricio, nuevamente, citó urgentemente a Luis. Aunque los británicos no le dieron información sobre lo que podía estar pasando en el servicio de inteligencia vasco ni en el estadounidense, estaba dichoso.

—Quería informarte que la fragata misilera *RC Caldas* hundió un submarino alemán y hay información de inteligencia militar que comprueba que los submarinos del Eje no solo han estado rondando el canal de Panamá, como se creía, y que han avanzado a Colombia —le dijo Patricio a Luis, como un niño que le muestra las calificaciones altas a su padre.

—Se los dije —replicó Luis con soberbia.

Los hechos hacían la situación cada vez más incomprensible, los motivos para retirar a Luis del Servicio era que consideraban una exageración los reportes de avistamientos de submarinos, pero el hecho recién ocurrido comprobaba que la información de Luis era cierta. El Servicio Británico había decidido que era necesario seguir trabajando con Luis, en contra del Servicio Vasco de Información y del Federal Bureau of Investigation, esa era la otra noticia que Patricio tenía. Luis sintió que su honor estaba resarcido.

Mientras tanto, Andrés llevaba semanas sin ver a su padre y empezó a desesperarse. Averiguó con un colaborador que su padre viajaba mucho a Bahía Solano y decidió marchar allí a esperarlo.

Aquilino recibió a Andrés, para él no era un secreto que Luis tenía otra familia. Se había enterado por casualidades de la vida. Eso no había cambiado su relación con él, lo entendía: «Cosas de hombres», pensaba. Pero esperaba que Divina no se enterara, era radical como su madre, diferente a otras mujeres que entendían esas cosas.

—Luis no está aquí y lleva semanas sin venir. Seguramente está muy ocupado —dijo Aquilino tratando de calmar al muchacho. En ese momento entró Divina, vio a Andrés y lo saludó amablemente.

—¿Y dónde está el resto de la comitiva? —preguntó Divina, pensando que era algo relacionado con la madera.

—Estoy solo con un colaborador de mi papá —contestó Andrés.

—¿Quién es tu papá? —preguntó Divina.

—Luis Gomiziaga, el Cojo Gomiziaga —precisó Andrés.

Divina se quedó parada, sin poder moverse, con la mirada fija en Andrés. En ese momento entró corriendo Regina.

—Mamá, llegó papá, llegó —dijo la niña.

—Ya llegó tu papá muchacho —dijo Aquilino dirigiéndose a Andrés. Ahora era Andrés que no podía moverse.

«¿Quién es la niña que entró?, ¿la hija de alguien que llega con mi papá?», se preguntó Andrés y algo en su interior le dijo que no. Cuando salieron se dieron cuenta de que era una de las lanchas de Luis, pero que él no venía en ella. Andrés volvió a entrar a la casa.

—Puedes pasar la noche aquí, de pronto Luis llega mañana —dijo Aquilino.

Andrés aceptó la invitación y luego de un rato encontró el valor y preguntó:

—¿La niña es mi hermana?

—Sí —respondió Aquilino que no creía en evadir lo inevitable.

Andrés durmió en la casa de Aquilino. Divina llegó en la mañana, en su cara se notaba la tristeza y la decepción, le preguntó a Andrés por qué había decidido ir a buscar a su papá. Él le contó que llevaba semanas con los emberas, y ella, en un intento por normalizar la situación, quiso saber cómo había sido su experiencia con ellos. Siguieron conversando como si aquello que los relacionaba no estuviera mediado por un gran engaño hecho por la persona que más admiraban. El resto de la mañana Andrés lo pasó con sus hermanas, la pequeña Regina que había entrado como un torbellino a anunciar una visita que no ocurrió, y Luisa que contaba con siete meses de edad. En la tarde fue con los jóvenes del lugar a una cascada que quedaba cerca. La estadía se extendiendo hasta que una semana después llegó Luis.

Divina vio llegar al padre de sus hijas. Aquilino alcanzó a decirle a Luis lo que estaba pasando. Luis llegó a su casa y Divina no lo dejó entrar y al día siguiente, para evitar confrontarlo, partió con las niñas para Buenaventura donde su madre.

Cuando Divina le contó lo sucedido a su madre, ella entró en cólera y dijo que iba a maldecir a ese blanco venido a más. Divina se asustó, conocía los rumores sobre las brujerías que hacía su madre.

—Van a quedar malditos él y todos los hombres de su familia —dijo la madre de Divina, agarrando un santo hecho de madera—. No van a tener paz tratando de buscar su destino y siempre van a terminar alejados de las personas que quieren —luego envolvió el santo en un trapo negro y dijo que lo tiraría al mar para sellar la maldición.

Con el corazón herido y bajo la influencia de su madre, Divina se negó a perdonar a Luis. No quería tener una historia como la de su madre. Luis lo sabía y, sin embargo, la había obligado a repetirla con su engaño. Se sentía traicionada.

Luis siguió a Divina hasta Buenaventura. Divina no dio la cara. La madre de Divina salió en su reemplazo.

—¡Estás maldito, tú y todos tus hombres! Así como trajiste la desgracia a mis mujeres, yo voy a llevar la desgracia a tus hombres —le gritó.

Luis creyó que era parte del drama del momento. Estaba seguro de que tarde o temprano, Divina se sentaría a hablar con él y le daría una oportunidad para resarcir el daño que había causado.

Andrés, por su parte, no hizo ninguna pregunta y Luis no dio ninguna explicación. Llegó junio y viajaron a Fredonia a encontrarse con Deyanira y los niños. Luis no pidió nada, Andrés no hizo promesas, pero su madre no se enteró de Divina y las niñas.

Los meses en el Chocó fueron determinantes para Andrés, ya no quedaba nada de niño en él, era un hombre con la capacidad de asumir responsabilidades y responder a ellas de manera confiable. De sus escasos años solo quedaba la edad, su conversación había madurado y hasta físicamente parecía un poco mayor. Deyanira no sabía si este cambio era positivo, no quería que su hijo se saltara etapas y que empezara a madurar más rápido de lo debido.

Después de unas semanas en Fredonia, Luis y su hijo volvieron al Chocó. Cuando llegaron a Bahía Solano se enteraron de que Divina había vuelto de Buenaventura, pero seguía negándose a ver a Luis.

—Mi papá necesita hablar contigo —le dijo Andrés a Divina.

—El engaño de tu papá es imperdonable. Él va a tener que vivir con eso —contestó una Divina mucho más delgada y visiblemente triste.

Andrés hubiera querido decir algo más pero no sabía qué. Desde ese momento fue el encargado de supervisar con Aquilino el negocio de las maderas y verificar que Divina y las niñas estuvieran bien.

—En algún momento se le pasará y accederá a hablar conmigo —le decía Luis a su hijo. Pero la postura de Divina no variaba, seguía igual de determinada a no perdonar. Esto también había afectado a Luis, su jovialidad usual ya no era tan frecuente, solo la tenía cuando Andrés estaba cerca de él. Si antes su interés por las actividades diferentes a sus labores como espía había bajado notoriamente, ahora las había abandonado del todo. Invertía su tiempo en redactar los informes para dar cuenta de los movimientos del Eje en la zona.

La segunda mitad del 1944 fue particularmente movida. Después del hundimiento del submarino alemán, las cosas se agitaron más, había reportes permanentes de avistamientos de buques, submarinos y comitivas, en terreno y por vía fluvial, de personas del Eje.

Adicionalmente, Patricio supo que el remplazo de McDown había iniciado una campaña de desprestigio contra Luis. Redactaba informes en los que lo tildaba de fanfarrón, embustero y lo que era más grave, de ser un doble agente que colaboraba con los japoneses y los alemanes.

—Luis, sabes que algo está pasando, ten cuidado —le insistía Patricio.

—Empiezas a sonar como McDown, este oficio del espionaje vuelve paranoica a la gente —le respondía Luis, tratando de bajar la tensión del asunto, pero estaba preocupado.

—¿Qué más te alcanzó a decir McDown? —preguntaba nuevamente Patricio.

—Ya lo sabes. Alegaba que lo habían envenenado y que algo estaba pasando adentro. No dijo más, solo que me cuidara —repetía Luis.

La preocupación de Patricio aumentaba, trataba de tener más información, pero no lo lograba, no sabía qué había detrás de todo eso.

⊠

Las dificultades siguieron aumentando. Muchos problemas eran generados por el Lazarillo, a quien Lorea había alejado de su lado, pero no pudo separar del negocio de la madera, debido a que se había asociado con los distribuidores de Europa. Adicionalmente, el Lazarillo estaba enviando gente al Chocó a las concesiones, y tanto Luis como Lorea temían que estuviera tramando algo para sacar a Luis del medio. Además, estaba la situación con Divina. Ya había pasado meses y ella seguía sin hablarle a Luis, le permitía ver a las niñas pero impedía cualquier diálogo entre los dos.

Para rematar, el alejamiento de Luis de las actividades relacionadas con el contrabando tenía inconformes a muchos colaboradores, quienes se habían vuelto presas de líderes emergentes, menos generosos que Luis y más violentos.

En diciembre llegó a oídos de Lorea que el Lazarillo estaba planeando ir personalmente a Bahía Solano en los días que Luis tenía organizado viajar a Fredonia con Andrés. Cuando Lorea se lo contó a Luis, este aplazó el viaje y decidieron que lo mejor era que los dos lo esperaran en la zona. Lorea estuvo de acuerdo y viajó a Bahía Solano. Pasaron varios días y el Lazarillo no llegaba. Mientras tanto Lorea que disfrutaba la naturaleza, aprovechaba a su guía personal, Andrés, para conocer el lugar.

Durante los días de espera, Lorea recorrió con Andrés las playas cercanas más hermosas y los charcos que ya el joven se conocía de memoria.

—Yo quiero un hijo como este —le decía Lorea a Luis, sorprendido de todas las responsabilidades que estaba sumiendo el muchacho. También le manifestó su preocupación por la seguridad del joven que viajaba a mar abierto.

En una de las salidas Andrés paró el bote en un manglar inmenso:

—Este es uno de mis lugares favoritos — le dijo a Lorea.

—Es hermoso —reconoció Lorea, admirado por la habilidad de Andrés para manejar el bote entre el enredo de raíces.

—¿Cómo es ser el hijo de un presidente? — preguntó Andrés mientras hacía contorsionar la embarcación rumbo al mar abierto.

—Igual que ser hijo de tu papá —contestó Lorea y disfrutó la cara de orgullo del muchacho.

Al regresar al caserío de Bahía Solano, Andrés y Lorea se encontraron a Luis hablando acaloradamente con el Lazarillo que iba con una comitiva de hombres mal encarados. Cuando vio a Lorea el Lazarillo se asustó, no era lo mismo traicionar a un contrabandista que al hijo del presidente. El Lazarillo estaba mintiendo, por eso Luis estaba tan molesto.

—Solo vine a conocer el lugar y ver algo de la concesión —le dijo el Lazarillo a Lorea.

—¿Por qué no lo organizaste con Luis y conmigo? —lo confrontó Lorea.

—Si es para tanto problema, me voy y ya —tartamudeó el Lazarillo, devolviéndose hacia su bote, mientras los hombres mal encarados lo seguían.

Luis hizo amague para detenerlo y Aquilino lo paró. Cuando partieron Aquilino les contó que conocía a los hombres que acompañaban al Lazarillo. Eran de más abajo, del Pacífico caucano, estaban con unos explotadores de concesiones mineras.

—Son muy violentos y no juegan limpio —dijo Aquilino.

—¿Qué quieren aquí? El Lazarillo está perdido, esta concesión no es minera. Y aunque lo fuera, ya tiene dueño —dijo Lorea.

—A veces, para ser el dueño no se necesita el título de la concesión —dijo Aquilino, preocupado.

Los cuatro hombres se quedaron despiertos hasta tarde sopesando la situación. Ni siquiera Luis que se había movido en la ilegalidad por muchos años sabía enfrentar unas circunstancias como esas. Además de estar en riesgo él, también lo estaban Aquilino y su familia. Luis no dejaba de pensar en sus niñas y Divina, y lo que podía pasar si esa gente tomaba por la fuerza el control de la concesión. Todos quedaron alerta y luego Lorea, Luis y Andrés partieron.

El final del año trascurrió con tranquilidad, así como el comienzo del siguiente. Llegó mayo con la buena noticia del final de la Segunda Guerra Mundial por la rendición de Alemania.

Los siguientes meses, lejos de finalizar la colaboración de Luis con los británicos, se aumentó debido a la llegada de muchos alemanes nazis. Asimismo las arremetidas del remplazo de McDown no se hicieron esperar. Decía tener pruebas e informantes que podían testificar que Luis era un doble agente y que mientras reportaba a los británicos ayudaba a la entrada de los nazis y facilitaba su paso hacia otros países de Suramérica. Patricio y Luis se reunieron.

—Te ruego como amigo que dejes de reportar —le dijo Patricio, consternado—. La situación, lejos de regularse, cada vez empeora, Luis. Están acabando con tu nombre, llegará el momento en que confundan las verdades con las mentiras. Piensa en tu familia.

—Tienes razón —reconoció Luis, luego de escucharlo atentamente.

Patricio no podía creerlo.

—¿Vas a parar? —preguntó incrédulo.

—Sí —confirmó Luis.

Patricio se relajó y cambiaron de tema. Hablaron de las familias y planearon un viaje a Santa Marta para visitar a Juan.

En Bahía Solano todo estaba tranquilo, los acompañantes del Lazarillo no habían vuelto. Luis, ahora con Andrés a cargo de la madera y pensando en dejar de informar a los británicos, se cuestionaba si era sensato dejar el contrabando. Pensó que necesitaría el respaldo de su red de contrabando si las cosas con el Lazarillo se complicaban. Sin consultarlo con Deyanira, en los siguientes meses se dedicó a retomar el control de sus actividades desatendidas. Al igual que cuando las abandonó, la decisión molestó a muchos. Las comunidades estaban felices, pero no los nuevos líderes en los territorios que no estaban dispuestos a soltar el poder recientemente adquirido tan fácilmente.

Andrés permanecía en Bahía Solano y viajaba a Juradó para llevar él mismo la madera. Divina lo cuidaba como si fuera su hermano, él pertenecía más a ese lugar que a cualquier otro. En Juradó se encontraba con su padre, pero pasaban semanas sin ver a su madre y a sus otros hermanos.

Un día a mediados de octubre de 1946 Andrés viajaba de Juradó a Bahía Solano. Cuando un bote que estaba escondido en los manglares salió a su encuentro. Eran unos hombres que él conocía.

—¡Devuélvete! ¡Devuélvete! —gritaban mientras Andrés se aproximaban. Preocupados de que los estuvieran observando. Las dos personas que iban de tripulación con Andrés no sabían qué hacer, si seguir o regresar. Si se devolvían tendrían que parar en algún lado, les faltaba combustible para llegar a Juradó otra vez.

—¡Devuélvete que te están esperando! —se escuchó finalmente, mientras la embarcación desaparecía en los manglares.

Andrés dio media vuelta y retomó la ruta por la que había llegado, calculó la velocidad y el combustible. Definió parar en Punta Piña, justo donde terminaba la bahía, y desde allí le envió un mensaje a su padre con uno de los colaboradores. Luego llegó a Juradó y lo esperó.

Luis llegó a Juradó para escuchar directamente de Andrés lo que había sucedido. Luego empezó a organizar un grupo para ir a Bahía Solano a enfrentar a quienes estuvieran allí. Le ordenó a Andrés quedarse. Andrés insistió en ir, estaba preocupado por sus hermanitas y por Divina, sin embargo, su padre no cedió. Andrés lo vio partir en lanchas armadas con las ametralladoras y muchos hombres. Luego se fue a la casa de los carmelitas a esperar. El tiempo parecía expandirse, los minutos se hacían horas. Al día siguiente llegó un colaborador por Andrés.

—Todo está en orden, no pasa nada —dijo.

—¿Qué es "no pasa nada"? —preguntó Andrés, preocupado.

El colaborador le contó que había llegado un bote con gente armada que Aquilino no conocía. Preguntaron por Luis, al ver que no estaba dijeron que esperarían. Aquilino, sin que ellos lo notaran, mandó a unos hombres a que esperaran a Andrés, para avisarle que se devolviera. Eran pescadores que estaban muy asustados por lo sucedido y no querían quedar en el medio de un enfrentamiento. Por eso no se habían acercado al bote de Andrés, para explicarle qué estaba pasando.

—¿Qué pasó ayer cuándo llegó mi papá? —preguntó Andrés.

—Nada, los hombres ya se habían ido —le respondió el colaborador.

Andrés se sintió tranquilo y fue a encontrarse con su padre. Luis había decidido que era mejor que la comitiva se quedara unos días. Luego de cinco días en que todo estaba tranquilo y que no obtuvieron información que les comprobara que los hombres que estaban eran del Lazarillo los envió a Juradó. Luis se quedó disfrutando unos días más con las niñas y dedicando tiempo a Andrés.

—¿Hasta cuándo te quedas, papá? —le preguntó Andrés.

—Hasta pasado mañana —contestó Luis.

—Quédate más —le dijo Andrés, en tono de súplica.

—Quisiera, hijo. Pero tengo que ir a Santa Marta y viajar a Panamá —contestó Luis, sin ganas de partir—. Nos queda un día, llévame a los lugares que llevaste a Lorea. Cada vez que nos vemos, habla de esas playas paradisiacas y de los manglares —dijo Luis, tratando de animar a su hijo.

—Nada que ya no conozcas, papá —dijo Andrés, riendo y notando la condescendencia de su padre.

Al siguiente día salieron a hacer el recorrido.

—Llévame como a un turista —le dijo Luis a su hijo, mientras los dos reían.

—Como a un turista extranjero —aclaró Andrés, mirándolo de reojo, mientras su padre lo abrazaba por la cintura fingiendo querer tirarlo al mar.

La primera playa quedaba a una hora del caserío. Cuando llevaban media hora de recorrido, apareció otra embarcación, más rápida que la de ellos. Luis se puso nervioso y quitó a Andrés del timón para llevar el bote.

—Nos estaban esperando, los hombres no se habían ido, solo estaban esperando mi salida —le dijo Luis a su hijo.

Andrés sentía su corazón latir rápidamente. Quería proteger a su padre, pero no sabía cómo. Luis miró a Andrés y por primera vez en muchos meses, solo vio a un niño. Quería salir rápido de esa situación, no soportaba sentir que la vida de su hijo peligraba. Sopesó sus alternativas. Estaban lejos de la costa, tendrían que enfrentarlos en alta mar. Llevaba un arma, sabía que en esas circunstancias no sería de ninguna utilidad. Sentía miedo por Andrés, solo quería que su hijo estuviera a salvo.

—Mira ahí, hijo —dijo señalando la bodega.

—Hay unos tacos de dinamita —contestó Andrés mientras revisaba.

—Sácalos —dijo su padre entregándole otra vez el mando del bote.

Cuando estuvo más cerca, Luis pudo ver que eran tres hombres, dos de ellos armados.

—Solo están esperando a tenernos más cerca para disparar —dijo Luis. Y Lamentó no ir en una de las lanchas equipadas con las ametralladoras. Disminuyó la velocidad y esperó a que se acercaran, hizo que Andrés se tirara debajo de la cubierta, luego empezó a distraerlos con insultos. En cuanto ellos intentaron responder les tiró la dinamita, Luis no esperó a ver los estragos, dio vuelta y se enrumbó hacia Bahía Solano. Andrés no podía moverse, estaba petrificado del pánico. Antes de entrar a la bahía, Luis se desvió a los manglares, temía que lo estuvieran esperando más hombres en el caserío. Dejaron la embarcación escondida entre las raíces y siguieron caminando por la selva. Llegaron a las casas en la noche, cuando el caserío estaba dormido. Andrés permaneció oculto mientras Luis entraba a la casa de Aquilino.

Luis y Aquilino conversaron brevemente, ambos coincidieron en que alguno de los pescadores de allí había sido el campanero de los forajidos. Luis salió nuevamente, llevando algo de comida. Se reencontró con Andrés y sigilosamente se internaron en la selva. Esperarían hasta el amanecer a que Aquilino les llevara combustible para navegar hacia el norte. Era el momento en el que Aquilino podría salir al manglar sin levantar sospechas.

Padre e hijo durmieron en el límite de la playa y la selva. Al amanecer siguieron hasta los manglares y esperaron en la lancha. Aquilino no llegó, pasó el medio día, y Luis impaciente, decidió volver al caserío. Se bajaron del bote, empezaron a caminar entre los mangles cuando aparecieron unos hombres. Andrés no tuvo tiempo de reaccionar. Uno de los hombres se abalanzó a la espalda su padre y le clavó un cuchillo, luego otros dos cogieron el cuerpo ensangrentado y lo tiraron al mar. Las imágenes de ese momento quedarían grabadas en la mente de Andrés.

—Que quede debajo de las raíces de los mangles para que no flote —ordenó otro, y uno de ellos se metió al agua a hacer el trabajo solicitado.

—¿Y el muchacho? —preguntó el del cuchillo.

—Lo llevamos para que pague por la muerte de los compañeros —respondió el de las órdenes.

Andrés, con los ojos fijos en el agua, no dejaba de pensar en que su padre todavía podía estar vivo. Luego esa esperanza fue remplazada por una rabia intensa que nunca se apagaría.

⊠